祛魅前的無眠之夜

Sleepless Nights Before Exorcism

Presented by Ouku with D

Sleepless Nights Before Exorcism
Contents

無眠之夜

Sleepless Nights Before Exorcism
Contents

莫問前路多崎嶇，不過人間走一回。

序章

Sleepless Nights
Before
Exorcism

男孩獨自一人跪立於肅穆的靈堂內，額間纏著繃帶，臉和身上許多地方也都還包著紗布。他的眼神空洞，麻木地聽從著身邊大人的指示動作，繁冗的告別儀式對他而言就只是機械式的行禮達意。

「真可憐啊，還這麼小……」

「聽說他本來從小就沒有爸爸，現在媽媽又……唉。」

「好像家裡也沒有其他親戚，也不知道以後該怎麼辦。」

「可憐啊……」

旁人的閒言碎語傳入他的耳中，他卻毫無任何反應，彷彿沒聽見，又或是沒有聽懂。

這個年紀的孩子對於死亡和分離本就懵懂。

有人把厚重遺照相框放到他手裡，讓他拜三拜後起身準備移往下個地方。男孩照做了，卻在站起來回過身的那一瞬間，發現有個稍矮他些許的女孩無聲無息地站在他身後。

男孩微微一愣，木然的表情有了少許的鬆動。

女孩身穿鮮紅色的洋裝、梳著兩條小辮子，嘴裡還含著一根棒棒糖。她眨著一雙大得誇張的眼睛，仰頭直勾勾地與男孩相望，渾身上下透著一種難以形容的怪異。

男孩的雙腳定在原地，想挪動卻挪不了半分，那種違和感隨著時間推移越來越濃烈，直到他突然聽見很輕的一聲「啵」。女孩拔出嘴裡的棒棒糖，幾乎在同一瞬間，兩顆大大的眼珠從她眼眶裡掉了出來，滾到男孩腳邊。

男孩被狠狠嚇了一跳，手上的相框摔落在地，母親最後定格的笑容掛上蜘蛛網狀的裂痕。

他的腳像被黏住了一樣動彈不得，只能眼睜睜看著那個眼眶處剩下兩個血窟窿的「怪物」朝他伸出手，目標好像是他的眼睛。

就在對方即將碰到自己的臉前一刻，忽然一隻布滿皺紋的手擋到他面前，輕輕一晃，沙啞沉穩的嗓音在他腦袋上方傳來，只冷冷說了一個字——「滾。」

緊接著耳邊炸開一道淒厲刺耳的尖叫聲，男孩雙腿一軟，膝蓋用力跪在地上。

擋在他前方的婆婆回過頭，伸出手動作稍嫌粗魯地壓住他的眼皮往上翻，居高臨下地看了片刻。

「天眼開了。」

男孩沒有聽懂，反應呆愣地聽對方語氣不算溫柔地又說：「你以後就跟著我吧，我帶你重新適應變得不一樣的世界。」

第1章

Sleepless Nights Before Exorcism

夜晚十點的公司只剩下一盞燈還亮著。

馬曉莉雜亂的辦公桌上擺著吃了一半的泡麵，泡麵已經涼透了，她卻還在埋頭趕明天要交的企劃案。

電話鈴聲就在此時突兀地響了起來，打斷了馬曉莉的思緒。她沒有多想，只是輕皺起眉嘀咕著怎麼會有人這個時間點打電話來，伸手拿起座機貼到耳邊「喂」了一聲。

馬曉莉一邊分神打字一邊等著電話那頭的人開口，可奇怪的是她等了半天，電話那端遲遲沒有人回應，只有空洞的風聲。

又過了將近十秒無人應答，馬曉莉這才後知後覺地想起這一陣子辦公室裡謠傳的恐怖流言。

自從三個月前搬到這間新的辦公室，至今為止已經有三個同事離職了，離職的理由各不相同也都很官腔。

日後私下八卦的時候馬曉莉才聽說，那幾個人都是因為晚上留下來加班碰上科學無法解釋的事——俗稱撞鬼，例如什麼無聲電話、無人角落傳來的窸窣人聲、毫無徵兆突然響起的火警警報等……而且還都碰上不只一次，才受不了離職的。

馬曉莉本來對此不以為意，只覺得應該是他們工作壓力太大而產生的幻覺，她偶爾也會留下來加班，從來就沒有碰過什麼難以解釋的靈異事件。

本來應該是這樣的。

「……喂？」馬曉莉試探性地又低低喚了一聲，依然沒有收到任何回音，幾秒鐘後她索性把電話掛掉。

就在她盤算著把剩下工作帶回家處理的可行性時，刺耳的鈴聲又再次劃破寂靜的辦公室。

馬曉莉第一次覺得電話鈴聲原來這麼令人後背發涼，她在接與不接之中選擇了後者，裝作什麼也沒聽見，深吸了口氣端起桌上吃剩的泡麵去茶水間倒廚餘，打算不管工作了，等等收一收就回家。

電話鈴響了十幾聲後自動斷了，辦公室裡又重新恢復一片寂靜。馬曉莉從茶水間出來的時候腳步停了停，她看了眼昏昏暗暗的辦公室，又看了眼旁邊的廁所，嚥了口唾液後，還是決定先解決一下有些急迫的生理需求。

馬曉莉把廁所燈全部打開，通體明亮後才放心地走進第一間隔間。

她用最短的時間上完廁所，低頭沖水的時候頭頂的燈突然閃爍了兩下。

馬曉莉心裡一顫，匆匆把褲子穿好正要扭開門鎖出去，外頭的火警警鈴聲驟響，嚇得她差點停止呼吸。也不知道怎麼回事，平常輕輕一轉就開的鎖此時此刻卻像是卡住了，怎麼轉都轉不開。

「嗚……什麼東西啦……」

頂上的燈光驀地暗了兩盞，馬曉莉心頭越來越慌，手也抖得越來越厲害，她不知道是不是自己的錯覺，總感覺有一股焦臭味在鼻息間漫開。

馬曉莉以肩膀用力撞了幾下門，門板卻紋絲不動。她嚇得眼淚都飆出來了，剛剛著急沒把手機帶在身上，只能邊撞門邊朝外喊道：「有沒有人啊！救命、咳、咳咳……外面有沒有人啊！」

明知道今天留下來加班的只有自己，外頭早已人去樓空，基於本能馬曉莉還是忍不住高聲大喊。

那股不知從何而起的燒焦味越來越重，很像真的是哪裡著火了，外頭的警報聲連連作響，彷彿還能聽見凌亂交錯的腳步聲與混亂的人聲。

馬曉莉覺得喉嚨越發乾澀，喊叫聲也越來越嘶啞，「救命、唔嗚……咳……有沒有、咳咳……」

空氣好像越來越稀薄，吸吐間濃重的煙味讓她感覺氧氣吸不進肺腔，一股濃濃的窒息感壓得她喘不過氣，不多時膝蓋一軟，靠著門板慢慢滑坐下去。

廁所地板不是太乾淨，但馬曉莉沒有分毫餘裕顧及得了這麼多，她的意識越來越恍惚，腦中甚至開始浮現一道道人生跑馬燈。她才二十幾歲，還沒結婚還沒生小孩，甚至都還沒有好好談過一場戀愛。

……難道短短二十多年的人生，就只能到此為止了嗎？

就在馬曉莉陷入絕望之時，始終推不開的廁所門被人從外頭拉開一道小縫，那一瞬間焦臭味消失了、警報聲停止了，就連頭頂上的燈光也恢復了原本的亮度。

新鮮空氣重新湧進肺腔，馬曉莉摀著胸大口喘氣，耳邊是不曉得怎麼突然跑回公司的主管錯愕的叫喚聲：「妳沒事吧曉莉？」

馬曉莉喘著氣抬起頭，她甚至沒有心思去想這裡是女廁，主管不應該進來，只在熟悉的那張臉映入眼簾時，不計形象地抱住對方的腿，眼淚像灑水器一樣誇張地噴出眼眶。

「明達哥……我、我不、嗚……我不想做了啦嗚——」

程逸辰頭疼地看著和遲交兩天的企劃案一起遞上來的辭呈，和一坐下來就紅著眼眶哽咽著說自己真的做不下去了的馬曉莉。

「曉莉。」程逸辰輕出了口氣，盡可能地讓語氣聽起來溫和，發言聽起來不那麼慣老闆，「妳知道最近人力吃緊，現在公司真的很需要妳。」

「可是我爸媽也很需要我啊！」馬曉莉抹掉眼角的眼淚，情緒也激動了起來，「老大你不知道，前天要不是明達哥剛好回辦公室拿東西，我可能已經死在這裡了！」

馬曉莉年紀輕，說話也直接，她一邊抽泣一邊告訴自家老闆前兩天晚上的親身經歷，說得鉅細靡遺繪聲繪影。

程逸辰表面鎮靜，實際上襯衫底下的手臂在馬曉莉說到火警警報兀自響起時，就起了一片雞皮疙瘩，後背也毛毛涼涼的。

天曉得他最怕這種不科學的東西了。

「我昨天去收驚，廟裡的師父說我被不好的東西跟上了。他還說、還說要是不早點處理乾淨，之後可能還會碰上更可怕的事。」

馬曉莉抽了張程逸辰桌上的衛生紙擤鼻涕，鼻音濃重地接著說：「我就不拐彎抹角了，之前Richard哥和彤姊他們離職，說好聽點是另有規劃，其實就是遇到跟我一樣的事情。」

「……有沒有可能……是你們工作壓力太大導致的集體幻覺呢？」

「不可能！」馬曉莉一拍桌子，正色道：「老大，這個辦公室真的不乾淨。」

程逸辰肩膀一僵，深吸了一口氣，「這樣好了，妳的離職單我先壓著，放妳兩週帶薪休假。妳去外面走走散散心，兩週之後要是真的還是決定不做了，我再簽。」

程逸辰目送馬曉莉離開他的獨立辦公室，門關上才往椅背一靠，重重地長嘆了口氣。

這間遊戲公司是四年前程逸辰和幾個大學同學一起集資創立的。

本來講好程逸辰負責行銷和管理，其他人各自負責開發、企劃和測試，然而第一年的發展並不好，他們幾乎燒光了所有資金也沒有做出任何成績，其他合伙人都認賠散了，只剩下程逸辰和幾個員工硬撐。

在金流困難的第二年更是慘到差點發不出員工的薪水，一群人擠在狹小老舊的辦公室裡沒日沒夜地發想設計。

好在第三年開始情況有所好轉，他們賣出了幾個產品，市場的反應也不錯，做出了一點名聲，也終於把先前虧損的漏洞補回來，還多賺了一些。

程逸辰不是個吝嗇的老闆，他把該補給員工的獎金和分紅一次性地補上，也花了不少時間四處尋覓更適合的辦公空間。

公司雖然開始賺錢，但也不是賺到能讓他們肆意揮霍的鉅款，找新辦公室的時候價格還是占了考量的主要因素。好不容易才找到現在這間地點和價位都合適的地方，誰知道才剛搬來三個月，就走了三個一起打拚過來的資深員工。

如果最後馬曉莉也留不住，那就是第四個了。

「真傷腦筋……」程逸辰曲起指節壓了壓發脹的額角。

辦公室簽約三年，有問題也不是說搬就能馬上再搬。但人力確實也是一大問題，他們小公司只有不到二十位員工，近期業務量又遽增，剛添增的新血還在適應期，老員工又一個接著一個離開，這樣下去真的沒有辦法。

程逸辰思忖許久，終於還是在下班前撥了通內線給外頭的祕書。

電話一接起來，他便故作平靜地說：「戴蘇，妳能不能幫忙找個管道，看有沒有那種……驅邪的高人還是師父，找個時間來公司看一下。」

「跟你們說，老大要我找人來作法驅邪。」戴蘇掛了電話以後，立刻轉過去跟後頭的同事八卦。

「啊？老大終於也感受到這裡不乾淨了嗎？」

戴蘇剛說完，馬上就有人問道。

戴蘇聳了聳肩，「不曉得，可能曉莉剛剛有講吧。」

馬曉莉早退了，公司裡和她關係最好的工程助理杜思妤，替她重述當時的恐怖場景，「曉莉碰到的比彤姊他們遇到的可怕多了，她說被關在廁所裡出不來，外面火警警報一直響，還有燒焦味。」

「但根本沒有啊，那天我回辦公室的時候只有聽到曉莉在喊救命，而且廁所門也沒有鎖，一拉就開了。」

那天晚上正好有東西漏拿所以跑回公司，順道救了馬曉莉的謝明達摸著下巴回想，「我本來還怕被當成變態，猶豫了一下才進去女廁。」

「嘖嘖，感覺這裡越來越邪門了，這樣以後誰還敢加班……」

「老大本來也不提倡加班吧，每次時間到都趕我們早點回去，是真的來不及了才沒辦法。」

一群人在外面嘰嘰喳喳聊個不停，聊了大半天才有人問到重點：「可是……要上哪去找人來作法啊？哪裡的廟嗎？」

戴蘇沉吟了片刻，忽然想到什麼，拍了下手掌說：「我好像還真的有個門路。」

「我約好了，明天下午五點之後，大師會過來看看。」

過了幾天，程逸辰從戴蘇手上接過一張名片，純黑色的小卡上面只有簡短幾行燙銀的字體，奇怪的是那張名片的單位是掛在某個警察局分局，職稱還寫著「靈學顧問」，感覺好像不是太正經。

程逸辰不由自主地盯著正中間那行「靈學顧問」旁的名字，看了很久很久，暗自心想應該不會這麼巧吧。

塵封多年的回憶被開啟了一道口，一張蒼白而漠然的臉孔浮現在腦海中。

——白錦。

白這個姓不算常見，然而單名又更少了。程逸辰正好有個曾經的國中同學就叫白錦，是個有點奇怪，又有點可憐的人。

「我表舅他們家前陣子也是遇到怪事，後來請到這位大師去家裡走一圈，作個法之後就沒事了，滿神奇的。」

戴蘇打斷了程逸辰的走神，繼續和他報告：「就是收費有點高，標準也不太一定。我表舅家那時候好像從開始到結束不到半個小時吧，最後是收三萬多塊的樣子。」

半個小時三萬塊確實要價不菲，但如果錢能換得了安寧，那花了也是值得。

「為什麼是要五點之後？」程逸辰把名片夾到電腦旁的留言夾上，不解地問道。

「哦，大師說下午五點左右是陰陽輪替的時候，比較容易——」

「好了好了我知道了，妳先回去工作吧。」程逸辰沒有很想繼續聽下去，擺了擺手說罷後，又在戴蘇要離開前喚住她：「對了，去通知一下大家，明天下午開完例會就提早下班吧。」

「那……我留下來接待大師？」

程逸辰吞了口口水，他在恐懼和好奇之間做了片刻的掙扎，最後還是妥協道：「不用，我留下來就好。」

名片上的兩個字勾起程逸辰積壓在記憶深處的歉疚與後悔，他是真的想知道名片上的白錦和他認識的那位是不是同一個人。

程逸辰覺得自己始終欠白錦一句真心的道歉，為自己當年的懦弱與踟躕。他永遠不會忘記那年白錦轉學前留給他的最後一記眼神，淡然中透著一點遺憾，好像在無聲地和他說：「我們不是朋友嗎，為什麼你不願意站出來幫我？」

那是多年來一直卡在程逸辰心底的一道無法解開的結。儘管後來他長大了，有足夠的勇氣反抗霸凌者，卻再也沒有見過當年最需要他站出來出聲維護的那個人。

不曉得白錦後來過得好不好？轉學以後還有沒有再被人欺負？

程逸辰托著下巴看著那張名片，不由得想得出神。

隔天下午戴蘇還是留下來了，畢竟大師是她連絡的。

加上做程逸辰的祕書這麼久，戴蘇大概能猜到自家老闆對於科學常理難以解釋的事情相當……無法接受。因此相對比較沒有那麼怕的她決定好人做到底，留下來陪程逸辰一起直面他心裡深處的恐懼。

下午大約五點又過了十分鐘左右，辦公室的電鈴響了，戴蘇去開門，迎上的是一張比想像中還要年輕清秀的臉。

她愣了一下，不太確定地喚了聲：「白大、呃……白先生？」

白錦點了點頭，淡淡地說：「妳好。」

戴蘇連忙側身讓他進來，一邊領著他進會議室一邊直言：「你比我想像中還要年輕好多，感覺才大學剛畢業。」

「三十多了。」白錦拉開椅子放下黑色的後背包，臉上仍然沒有太多表情，可能把戴蘇的話當成普通的客套話，因此並沒有太放在心上。

可戴蘇真的不是在客套，白錦一身寬鬆休閒的白T長褲，一張沒有什麼歲月刻痕的清秀臉龐配上細軟的黑髮，看起來真的像剛走出校園的青澀少年，完全沒有一點年過三十的樣子，也不知道是怎麼保養的。

「你坐一下，我去幫你泡杯茶，順便叫一下我們老闆。」

戴蘇將會議室的門輕輕帶上，正想去叫程逸辰，轉頭就發現對方不曉得什麼時候已經站在門口，嚇得她差點驚叫出聲。

「嚇我一跳！」戴蘇拍了拍胸口，沒好氣地抱怨：「老大你好歹也出個聲，這裡已經夠恐怖了……」

「抱歉抱歉。」程逸辰不好意思地抓了抓頭，又問：「是大師到了嗎？」

「到了，我要去泡茶，也幫你泡一杯嗎？」

「好，麻煩妳了。」

程逸辰手搭在門把上，和戴蘇說完話後壓下門把推開門。

裡頭坐著的男人聞聲抬頭，下一秒那張臉和程逸辰記憶深處稍微稚嫩一些的面孔幾乎重疊。程逸辰愣了一下，先前的猜想真的成了現實，讓他一時間有些反應不過來。

程逸辰本以為就算名片上的白錦真的是他認識的那個白錦，將近二十年的空白時光也會讓他難以一眼就認出對方。

然而白錦幾乎沒怎麼變，從髮型到五官，從眼神到表情，都還是和他印象裡的如出一轍。

程逸辰嘴唇張闔了半天，輕輕吐出那聲好久沒有從他口中說出來的名字：「白錦……？」

白錦卻像是沒有認出他，只是眨了眨眼，輕聲回道：「嗯，你好。」

第2章

Sleepless Nights Before Exorcism

程逸辰想白錦應該是真的沒有認出他，或是根本不記得他是誰了。除了那聲冷淡疏離的「你好」之外，當程逸辰問白錦最近過得怎麼樣時，白錦露出了一種很是困惑的表情，好像在用眼神問他：「我們之前認識嗎？」

程逸辰剛打算講點什麼過去的事情，來喚起白錦的記憶，戴蘇就端著剛泡好的茶推門進來了，他只能暫時嚥下剛到喉嚨邊的話，坐下來先討論正事。

戴蘇將幾個同事遇到的怪事整理出來列成一張表，一一向白錦敘述。一旁的程逸辰越聽越發毛，他分明也待在同一間辦公室裡，卻從來不曉得這些事。就好像自己身在鬼屋裡卻不自知一樣。

「你們這裡確實很陰。」白錦在聽完戴蘇列舉的事件後，也不拐彎抹角，直言道：「沒發現嗎？夕陽的光都照不進來。」

程逸辰嚥了口唾液，這種事平常根本不會有人留意，被白錦這麼一說，他才注意到窗外明明還亮著，卻真的沒有一點餘暉灑進來，全靠頭頂上的幾盞燈具照明。

白錦看著面前默不作聲的兩個人，仰頭把杯裡的茶水一口飲盡，抬手抹掉唇邊的水光，然後站起身來，「走吧，帶我去女廁看看。」

白錦已經很久沒有看到怨氣這麼重的現場了。

他站在女廁門口，一股濃烈的惡臭撲鼻而來，混雜著燒焦和難以形容的刺鼻腥味，讓他忍不住摀著嘴乾嘔了幾聲。

「你沒事吧？」程逸辰見狀連忙上前關切，卻被白錦搖著頭伸手擋下。

白錦咬破右手中指，用血珠在左手掌心快速地畫了個程逸辰沒有看懂的符號，然後用力捏緊拳頭。

「你們這裡……」惡臭慢慢淡去，白錦皺著眉看著擠在女廁裡成堆蠕動的焦黑肉塊，問道：「你們這裡以前發生過火災嗎？」

程逸辰先是看了看乾淨得沒有一點味道的女廁，又和戴蘇互望了一眼，然後同時搖頭說不知道。

「我們也是三個月前才搬過來這裡的。」程逸辰老實交代，「這裡好像是新建好的，房東說建商才剛交屋沒多久，我們是第一批租客。」

白錦沉默了片刻，而後摸出口袋裡的手機，點開某個連絡人的訊息欄，「念這裡的地址給我。」

程逸辰雖然不解，但還是照著白錦的要求念出地址。白錦一個字一個字輸入進對話框，按下發送以後就將手機收了起來。

白錦抬步走進女廁，那些蠕動的肉塊像是感知到他身上的力量，紛紛尖叫著向兩旁退開。

只有三間隔間的女廁並不寬敞，白錦走在最前面，依序推開三間隔間的門，朝裡張望片刻，最後折返回第一間隔間走了進去。

狹窄的隔間沒有辦法一次容納三個成年人，程逸辰和戴蘇只能從後面探頭看他的動作，只見白錦抬頭往上看了片刻，隨即在兩人都沒反應過來之際將馬桶蓋蓋上，抬起左腳往上一踩。

「欸等等！」

「喂你小心——」

戴蘇和程逸辰幾乎同時驚呼出聲，眼睜睜地看著白錦兩腳踩上馬桶蓋，一手扶著牆，一手伸長著去摸幾乎快靠近天花板的磁磚。

白錦不是太高，伸手的同時腳尖也微微踮起，程逸辰看得膽戰心驚，深怕他一個不小心就踩破馬桶蓋摔下來。損壞公物是其次，最主要還是擔心這個好久不見的老同學會在兩人久別重逢的第一天，就在他公司弄傷自己。

程逸辰的手一直半抬在空中虛扶著白錦的腰，直到白錦回過頭問：「有沒有電鑽或是鐵鎚之類的東西？」

程逸辰愣了一下，問他：「要做什麼？」

白錦身子稍微側了一下，讓他們兩個看他手摸的地方，「剛新建好沒多久磁磚就有這麼深的裂痕，都沒有人覺得奇怪嗎？」

這裡可是女廁，就算覺得奇怪也輪不到程逸辰發言，所以他將目光轉向身旁的戴蘇，把問題拋給她。但戴蘇搖了下頭，「平常上廁所根本不會抬頭看這麼高的地方啊……」

白錦依舊面無表情地看著他們，眼神卻好像透著些許無奈，見那兩人似乎沒有要幫他拿工具的意思，薄唇張了張，又重複了一次：「有可以破壞的工具嗎？」

這畢竟是和別人承租的，身為祕書的戴蘇沒辦法決定。程逸辰猶豫了一下，還是叫戴蘇去他的座位底下找工具箱，他記得裡頭有放一把鎚子。

戴蘇於是離去了，留下兩個大男人待在女廁裡乾瞪眼。

「你……」程逸辰仰著脖子，手依然騰在空中護著白錦，踟躕了半晌才終於問出從剛才就一直哽在喉頭的問題：「你真的……不記得我啦？」

白錦低著頭看程逸辰，那張臉確實有一點熟悉，他試著從薄弱的記憶中尋找關於這張臉的一點印象，然而什麼都還沒想起來，戴蘇就舉著一把鐵鎚跑了進來。

這個話題只能再次被迫中斷，程逸辰輕嘆了口氣。

白錦接過戴蘇遞來的鐵鎚，接著毫不猶豫地舉起砸向磁磚裂開的那道縫隙，動作沒有一絲拖泥帶水。底下的兩個人雖然大概能猜到白錦要做什麼，當劇烈的敲擊聲響直貫耳膜時，他們還是被狠狠震了一下。

那塊磁磚似乎在當初貼的時候就沒有貼好，白錦只砸了幾下就整塊碎裂，隨之落下的除了磁磚以外，還有碎成一片片像紙片一樣的黃褐色物體。

敲擊聲驟停的那一瞬間，沒有開窗的廁所裡詭異地颳起了一陣風，將那些碎片捲到角落。

程逸辰肩膀抖了一下，下意識抓住白錦腰側的衣服。不到五秒白錦便一點面子也不給地將他的手撥開，隨即從馬桶蓋上跳下來，把鎚子還給愣在原地的戴蘇。

白錦左手的食指和中指之間夾著半張邊緣破損的符紙，顏色和落在地上的碎片幾乎一致，他淡聲開口道：「我先大概推斷一下，你們這裡以前應該發生過一場很嚴重的火災，而且不是意外，所以怨氣才會這麼重。」

白錦目光掠過程逸辰和戴蘇，看向他們身後又重新聚攏起來的肉塊，抿了抿唇，繼續說：「怨氣是會累積的，我不曉得這棟建築的前身是什麼，但依照這些怨靈的凶惡程度，在你們辦公室完工之前，起碼有二十年以上這裡應該都是荒地。」

「而且建商應該也知道這裡不乾淨，所以請人來作過法，那個作法的也不知道是腦子不好還是道行不夠，他不是引渡這些亡靈，而是用這種破符咒鎮壓祂們。現在符咒爛成這樣，那些東西自然就跑出來作祟了。」

程逸辰愣愣地看著白錦手上從磁磚牆壁中挖出來的符紙，一時間除了毛骨悚然以外，不曉得該做何反應，只能不斷地乾嚥空氣，強壓下心中的恐懼逼自己繼續站在這裡，聽還沒有想起他的老同學說話。

白錦手指一鬆，破損的符咒輕飄飄地落在地上，他在心裡大概算了一下，然後開口報價：「八萬。這個價格你們要是能接受，我明天傍晚就可以過來處理。」

語罷他拍掉手上的髒汙，從程逸辰和戴蘇中間穿過，徑直走向洗手臺洗掉手上的汙漬和早些時候弄出的血痕，忽然想到什麼又出聲補充：「八萬不包含現場破壞的費用，那些是工作必要，你們得自己吸收。」

八萬確實比程逸辰本來預期的價格還要高出許多，但大概是出於從前對白錦的愧疚心理，以及方才親身經歷那一連串怪異現象，他沒有討價還價，一口答應。

「沒問題，等下就轉給你。」

晚上九點，葉誌文回到分局才看見白錦傳來的訊息，有些意外地抬了下眉。平常都是自己找對方比較多，這小子很少會主動連絡他。他點開訊息，上頭只有一串沒看過的地址。

葉誌文回了一個問號，過不到一分鐘，白錦又傳來一句「查一下這個地址二十年前有沒有發生過什麼案件」。

葉誌文「呿」了一聲，一邊心想這小子還真是一如往常的不懂禮貌，一邊還是將地址傳給另一位同僚幫忙協查。

與此同時他辦公室的門被敲響，葉誌文頭也沒抬，隨口說了聲「進來」。

「葉副局。」進門的是局裡不久前新報到的菜鳥警察小官，他拿著一份資料夾走上前，問道：「那個……我想問一下，上個月那起分屍案是白顧問幫忙找到關鍵證據和凶器，可是……這個是可以寫到結案報告上的嗎？」

葉誌文哼笑了下，「你是新來的還不懂吧，白顧問是我們分局的祕密武器，既然是祕密武器，那當然不能寫在任何報告上。」

「哦……」小官似懂非懂地點點頭，「可是那中間那些無法用常理解釋的部分……」

比如白錦當時是怎麼在毫無一點頭緒的情況下，引導他們去到一個廢棄的垃圾掩埋場，在那裡找到帶有死者血跡和凶手指紋的凶器。

「那就看你以前讀書的時候，作文程度和改寫故事的能力怎麼樣了。」葉誌文往後一靠，扯著嘴角笑道：「反正在不違背案情發展事實的情況下，你可以把一些怪力亂神的部分刪掉或是稍微修改，寫得合理一點，上面不會有什麼意見。」

小官抓著頭，似乎還是有點遲疑，但還是應了聲「知道了」，拿著報告轉頭回去繼續煩惱該怎麼寫。

這不是葉誌文和白錦第一次「警民合作」了。

白錦是葉誌文他媽二十幾年前，從當志工的殯儀館帶回來的小孩，之後直接以葉誌文的名義收養。那時他還沒三十，甚至單身未婚，對於突然就要多一個七八歲大的兒子自然頗有微詞，後來還是在他媽威逼利誘下才妥協。

小時候的白錦大多都是他媽帶著，上學之餘和她跑宮廟、跑殯儀館，學一些在葉誌文看來就是沒有科學依據怪力亂神的東西，他一直都看不太起的那些無稽之物。

白錦雖然是葉誌文名義上的養子，他們也住在一起，但實際上在白錦成年以前，兩個人其實一點也不熟。

直到白錦二十歲那一年，葉誌文他媽去世，他第一次看見那個總是冷淡的小孩臉上流露出鮮明的哀傷情緒。

他們一起跪在靈堂裡，白錦目光始終盯著靈堂內的某一角。在準備要轉往火葬場之際，他淡聲說了句「婆婆一直在看你，婆婆放不下你」，葉誌文強忍的情緒終於潰堤，抱著白錦狠狠痛哭了一場。

那之後葉誌文和白錦的關係近了一點，葉誌文不再排斥那些從前抗拒的妖魔鬼神，偶爾遇到一些陷入膠著的案情，靠著白錦那雙不同於常人的眼睛，也總能順利找出關鍵要素進而破案。

儘管白錦在二十五歲那年就從葉誌文家搬出去了，但由於工作性質關係，白錦接的工作有時會牽扯上刑案，葉誌文有時也會碰上一些離奇詭異的案件，他們偶爾相互交流情報，慢慢也建立起互幫互助的關係。

白錦那張黑色的名片便是出自於葉誌文之手，當初只是半開玩笑做了一盒，沒想到白錦看了看沒有說什麼，也沒有露出一絲嫌棄的表情，後來還真就拿去用了。

葉誌文年近六十卻終生未娶，這輩子能稱得上家人的除了已故的母親之外，就只剩下白錦這個免錢兒子。

他目光看向電腦旁的相框，相片定格在他媽臨終前兩個月，一家三口在看護慫恿下難得拍了張全家福。

背景是醫院樓下的小花園，畫面中只有自己臉上帶著爽朗的笑意，被他搭著肩的白錦、坐在輪椅上的母親，兩個人臉上的表情如出一轍，都相當漠然。

葉誌文伸手戳了一下相框，低笑著呢喃了句：「真不知道誰才是親生的。」

程逸辰錢付得爽快，當天晚上回去一口氣就將白錦開的八萬塊付清。白錦收錢辦事，隔天傍晚差不多時間，就帶著東西來程逸辰的公司報到了。

這天是星期六，公司本來就沒開，程逸辰在附近咖啡廳坐到跟白錦約的時間差不多了才進去。

說實話他是真的挺怕的，昨天白錦弄了那麼一齣，看清那些符咒的同時程逸辰雞皮疙瘩也爬了滿手，至少短期內他不太敢一個人待在公司裡。

程逸辰時間抓得很剛好，到的時候白錦站在門口正準備按電鈴，程逸辰連忙喚了他一聲，上前替他開門。

明明是夏天，在沒有開空調的情況下推開門，迎面而來的卻是一股莫名的寒意。程逸辰握著門把的手一緊，用力嚥了口唾液，硬著頭皮走了進去。

白錦跟在程逸辰身後，左右張望了一下後問他：「今天只有你一個人？」

「嗯。」程逸辰點頭，「週休二日嘛，總不能逼員工假日還要來公司陪老闆。」

雖然戴蘇早上其實有問他需不需要傍晚過來一趟，程逸辰也猶豫了好一陣子，但他除了想把公司的問題解決之外，也想找個機會和白錦好好聊一聊，有戴蘇在確實不太方便。

白錦沒有再多問，他讓程逸辰去搬放在雜物室的折疊桌，自己則在辦公室晃了一圈，而後指了指外面辦公區一處比較寬敞的空地，讓程逸辰把桌子搬過去攤開。

白錦從包包裡拿出一塊黃底寫滿紅字的布鋪在桌上，接著依序又拿出一支銅鈴、一座香爐、一包香灰、一整包香、一個打火機，最後是一塊平板。

「會怕的話，就去你辦公室裡面待著。」白錦撕開香灰包裝倒進香爐裡，並和程逸辰說：「雖然不知道為什麼，但我剛剛看過了，你的辦公室是這裡最乾淨的地方。」

程逸辰不太確定地問：「你一個人可以嗎？」

白錦一口氣將整包香全部抽出點燃，豪邁地插進香爐裡，而後順手拉過旁邊的椅子盤腿坐了上去，點開平板裡的其中一個音檔，低頻的誦經聲頓時從喇叭裡傳了出來。

「只要你不會突然尖叫逃跑干擾我，就沒有什麼不可以的。」白錦淡淡道。

經過再三思忖，程逸辰還是決定遵從本心退回自己的辦公室。既然白錦說那裡是乾淨的，那他就沒有什麼好害怕的……吧。

……應該。

程逸辰把辦公室的門帶上，卻始終駐足在門邊。

他們這裡隔音做得不怎麼好，隔著門板都能聽見外頭脆亮的鈴鐺聲，和陣陣呢喃一般的吟詠。

儘管程逸辰很少看這種驅邪類型的影視作品，白錦作法的方式還是和他認知裡有很大的差別。原以為場面會很莊重嚴肅，實際上白錦從穿著到坐姿看起來都相當隨興，他甚至沒有想過誦經還能用播放錄音的方式。

這樣真的會有用嗎？

出於好奇，程逸辰走到能夠看向外面辦公區的窗邊，手指勾開百葉窗的其中一葉往外看。

從這個角度他只能看到白錦的背面，左手晃著銅鈴、右手點著平板，在沒有開窗開門的空間裡，略長的黑髮一綹綹在空中飄蕩。

程逸辰不曉得是不是自己的錯覺，總覺得那些香支燃燒出來的騰騰白煙，捲出來的形狀很像一張張模糊的人臉圍繞在白錦周身。

程逸辰只看了不到一分鐘的時間，白錦像是感知到他的目光，忽然轉過頭來遙遙和他四目相望。

程逸辰微微一怔，只見白錦蒼白的面容眉心緊皺，不是在和他說話，嘴唇卻快速張動。

白錦輕輕朝程逸辰搖了下頭，好像是在要他別看了。

第3章

Sleepless Nights Before Exorcism

白錦處理的速度比想像中還要快，才過大概半小時，外面一直沒有停斷的鈴鐺聲戛然而止。程逸辰靜靜地等了一會，剛走到門邊想打開門看看情況，門板就被人從外面敲響了。

程逸辰伸手拉開門，迎面撞上白錦明顯比早前還要蒼白的臉。這人本來皮膚就白，在冷白燈光的照映下更顯得臉上沒有什麼血色，嘴唇也乾得起皮。

「你沒事吧？」程逸辰讓開了條路讓白錦進來，領著他去沙發上坐。

「……給我杯水。」白錦像是累極了，整個人脫力地癱在沙發上，開口時聲音都帶著一點沙啞。

程逸辰趕緊去茶水間倒了杯水，一路目不斜視地快步走過去又快步走回來，把水杯遞給白錦。靠近的時候，程逸辰聞到白錦身上除了被香薰過的氣味以外，還混雜著一股很淡的燒焦味。

白錦兩三口就把一整杯水喝光，程逸辰問他還要不要，白錦搖搖頭，用手背抹掉嘴唇上殘留的水光，「你們這裡怨氣真的太重了，我一天處理不完。」

「……啊？」

白錦懶洋洋地靠在沙發上，半抬眼皮看向坐到另一側單人沙發的程逸辰，「簡單這麼說好了，我的工作是向靈界溝通把『門』打開，指引這些亡靈去往祂們該去的地方。」

「只不過這些亡靈被困在這裡可能十幾二十年甚至更久，人類住在同一個地方這麼長時間，無論環境好壞都會習慣，更何況這些東西生前也是人，祂們已經習慣這裡了，不是每個都願意馬上離開，要花時間引導。但開『門』消耗的是精神力，一次不能開超過半小時，不然我會暴斃。這樣有聽懂嗎？」

程逸辰花了點時間消化白錦這番話，而後緩慢地點了下頭，又問：「那……大概還需要幾次？」

「至少還要再三四次吧。」白錦打了個呵欠，眨掉眼角的淚花說道：「放心，不會因為要分好幾次就多收費，八萬會幫你包到好。」

「我不是這個意思……」

程逸辰抓了下頭髮，他只是想知道之後和白錦還能碰面幾次，但這句話說出來實在有點奇怪，索性還是嚥回喉嚨裡去。

天色漸漸暗下，白錦在程逸辰辦公室裡休息一會，臉色和精神都稍稍恢復了點，沒再像剛才一副快要虛脫的樣子。

他環顧周圍一圈，剛來的時候只草草掃過一眼，現在坐在裡頭，白錦才發現程逸辰辦公室裡面和外頭相比是真的乾淨很多，門口好像有什麼結界一樣，一點髒東西都進不來。

目光所及之處也沒有什麼避邪的擺飾，白錦有些匪夷所思，但他暫時看不出是為什麼，也沒力氣深究。

他休息得差不多後就打算走了，起身前卻被程逸辰伸手攔下。

「晚上沒事的話，我請你吃個飯吧？」程逸辰態度誠懇道：「我還有其他事想跟你聊聊。」

白錦掏出手機看了下自己接下來的行程，然後接受了程逸辰的提議。但白錦不想去外面吃，程逸辰就點開不太常用的外送ＡＰＰ，一邊瀏覽餐廳一邊問白錦：「你有什麼不吃的嗎？」

「不吃雞豬牛羊鴨，其他隨意。」白錦靠在沙發上滑著手機，簡短地回道。

「你現在吃素啊？」

「不吃肉而已，海鮮我吃。」白錦抬起頭，朝程逸辰淡淡揚了一下嘴角。

程逸辰才剛覺得白錦這淺淡的笑意中，好像含著一點故意的成分在裡頭，就聽對方接著說：「你要是天天看著各種肉塊在身邊飄來飄去，應該也不會想吃肉。」

「……」

程逸辰最後點了一桌海鮮大餐，雖然是外送，但店家在用料和包裝上下足了成本，一整桌擺起來還是挺豪華的。

「說吧。」白錦叼著一條長長的螃蟹腿含糊地問：「你想跟我聊什麼？」

程逸辰握著筷子的手一頓，有些遲疑地看著他，開口道：「你還記得國一那時候的事嗎？」

出乎程逸辰意料之外，白錦竟然點了下頭。

他吐掉嘴裡的碎殼，抬眼和程逸辰相望，「我昨天晚上回去其實有想起來，你國一的時候坐我隔壁對吧，程同學？」

程逸辰乾嚥了一口氣，喉結滾動，過了會才又問：「那你……還記得別的嗎？」

白錦看了他好半晌，而後移開視線，斂著眼眸咬住鮮甜軟嫩的蟹腿肉，低聲說：「不記得了。」

如果真的不記得就好了，程逸辰看著他的反應心想。

「不管你記不記得，我都欠你一句道歉。」程逸辰放下筷子，表情相當認真地看著白錦，「對不起。那時候如果我勇敢一點站出來，也許那些人就不會這麼過分，也不會搞到最後你不得不轉學。」

有一小段時間白錦沒有說話，「喀嚓喀嚓」地啃著嘴裡的食物，隔了許久他才慢條斯理地放下手裡的東西，撕開一包溼紙巾擦了擦手，語氣很輕也很淡地說：「都過這麼久，早就不在意了。」

白錦的表情很平淡，像是真的一點也沒有放在心上。

可過去這麼多年，白錦留給自己的最後一個眼神，始終令程逸辰難以釋懷。

「我……」程逸辰嘴唇張動片刻，神情流露著一絲難以啟齒，「就算你說不在意，我還是沒有辦法原諒當時只敢旁觀的自己，如果可以，希望你能給我個機會彌補。」

白錦沒有說話，伸手又拿了一根蟹腿啃，過了會才輕聲說：「沒有必要吧。」

程逸辰有點沮喪，但又說不上來是因為白錦的不在意而沮喪，還是好像真的沒有機會能夠彌補當年的遺憾而感到挫敗。

這些年來不是只有他一個人長大，白錦早也不是當年備受欺凌而無力還手的孩子，早就不需要他遲來的懊悔和補償了。

用完晚餐收拾了下離開公司後，程逸辰目送白錦開著比他那輛國產車貴了五六倍不止的進口車離開，暗暗嘆了口氣。

這樣也好，程逸辰想。至少知道白錦現在過得好，甚至可能過得比他都還要好，那就夠了。

程逸辰和白錦相識於國一開學前的新生訓練，程逸辰對他最初的印象是——這個人有點奇怪。

頂上盛夏的烈陽高照，司令臺上的校長、主任輪流接力，一個接著一個講著差不多的對他們日後三年國中生活的期許。

程逸辰被太陽晒得七葷八素，旁邊和他身高相仿的男同學卻穿著一身長袖還沒流一點汗，彷彿感覺不到熱一樣，真的很奇怪。

他當時還沒有記得白錦的名字，只擔心身旁這個雖然和他差不多高，但明顯比他瘦弱的同學會中暑昏倒，因此一直頻頻分神關注他的狀況。

突然對方側頭看了過來，程逸辰頓了一下，以為他不舒服，剛想問需不需要叫老師或是去保健室，白錦卻突然很小聲地說了一句：「我現在沒有辦法幫祢。」

程逸辰發出一聲短促的疑惑音節，才發現白錦的目光並不是在他身上。他順著對方視線看過去，發現除了離他們有些距離的隔壁班以外，沒有其他人。

程逸辰滿懷疑惑地又轉回來看了白錦一眼，發現白錦已經看向前面，彷彿剛才沒有轉過頭來，也什麼都沒有說。

程逸辰發育得比較慢，國中的時候還沒開始長身高，他和白錦幾乎同高，因此兩個人無論座位或是平常排隊，都被老師安排在一起。

正式開學以後隨著和白錦的相處，程逸辰發現他這個人有些行為確實很怪異。

他有時候會聽見白錦一個人對著空氣喃喃自語，會突然揮動手臂像是在趕走什麼東西。偶爾白錦還會用紅筆在手上畫一些他看不懂的符號，從手背一路沿伸到手臂，密密麻麻的，看上去有點詭異。

但撇除這些，白錦人其實還不錯。

程逸辰國中那時比較粗心，經常忘記帶老師前一天交代的東西，被罰站、罰打手心都是家常便飯。白錦可能看他太常被罰很可憐，有時候程逸辰漏帶了什麼東西，白錦會默默地主動借他。

一來二去，兩個人也慢慢熟絡起來。

可能因為白錦性格比較孤僻一點，加上又時不時有一些怪異的行為，導致班上同學沒有人想和他一起玩，能稱得上是朋友的也只有程逸辰了。

白錦在班上幾乎是透明人一般的存在，只有程逸辰會和他說話，偶爾需要分組的時候會主動拉他一起。

這樣對白錦而言其實挺剛好的，不需要過多的交際，需要的時候也會有人拉著自己。那時的程逸辰於他而言，就像是他與班上的連接器，讓他不至於顯得那麼格格不入。

直到國一上學期快要結束的時候，他們學校發生了一件大事。

程逸辰班上一位女同學，趁著升旗時間跑到無人巡查的專科大樓頂樓，伴隨著遙遙傳來齊唱國歌的歌聲，從七層樓高的地方一躍而下。

那天的升旗典禮時間拖得很長，一直到第一節課上課鐘即將鈴響，主任才終於宣布解散。

浴血的屍體在那躺了半個多小時，才有第一個人發現，尖叫聲劃破本該寧靜的校園，一時間整個專科大樓四周充滿著紛亂與騷動。警察和救護車很快抵達現場，圍觀看熱鬧的學生統統被趕回教室，只留下主任和幾名老師來善後。

然而那次事件最終並沒有鬧得太大，只在新聞版面上占了很短的時間。那位女同學沒有留下任何遺書，學校最後以學生壓力太大做結案，並讓每班導師對學生進行輔導，這件事就算輕輕帶過了。

只有程逸辰班上的同學和老師，才知道她跳樓的真正原因。

那名女同學是被霸凌者，由於家庭條件比較不好，身上穿的制服球鞋都是從學長姊那裡撿他們不穿的，午飯也總是一個人窩在位子上啃饅頭。

半大孩子的惡意純粹卻毫無緣由，可能因為她身上總是髒兮兮，又也許是因為她自卑且內向，才會成為被攻擊的標靶。

那次事件之所以沒有鬧大，最主要還是帶頭霸凌的那幾位同學裡，其中一名的母親正是那年度的家長會長，給學校捐了不少錢。因此就算大概知道內幕，學校也不敢得罪他們。

而為了息事寧人，家長會長付了一大筆封口費給跳樓身亡女同學的家長，家境清寒的他們也確實在收下錢後就不再追究此事。自此女孩的冤情和痛苦，再無人為她討一個公道。

本來這件事應該就到此為止，帶頭霸凌的那幾名同學也因為鬧出人命安分了一陣子。可到下學期開學後沒多久，程逸辰注意到有人開始在背地裡叫白錦「殺人凶手」。

謠言不曉得是從哪裡傳開的，程逸辰第一次聽到別人這麼喊白錦，還是從隔壁班同學的口中。他皺著眉問對方為什麼這樣說，對方告訴他是他們班上謠傳，說是有人看到白錦在手上寫滿了詛咒的文字，那位女同學是被白錦詛咒才跳樓的。

程逸辰第一個閃過的想法是，太扯了怎麼可能。

他知道白錦會在手上塗塗寫寫，也問過對方為什麼要這麼做，白錦只輕描淡寫地告訴他是家裡大人教的，說那些符號文字可以避邪。

程逸辰當時聽了沒太當回事，他們這個年紀的孩子本來就經常做些奇怪的事，白錦只是在手上寫字而已不算什麼。

只是他覺得沒什麼，並不代表其他人也覺得沒什麼。

白錦無論夏天冬天都穿著長袖，手臂基本上都被布料蓋著，可能是洗手時捲起袖子被一旁好事的人看到，一個傳一個，流言於是漸漸失控。

不論詛咒殺人是多麼荒誕無稽的事，還是有人信了，在女同學死後就無人接替的標靶位置有了新的人選。從一開始叫白錦殺人凶手，到後來發現他無動於衷，於是很快從言語轉為行動上的霸凌。

一樣是以家長會長的兒子為首的那一群人，他們把白錦的課本用紅筆寫滿了「殺人凶手」、「殺人魔」、「去死」、「以命償命」甚至更多不堪入目的話；趁游泳課把他的衣服和毛巾藏起來，讓他只能溼漉漉地光著上半身回教室；偷走他的午飯倒進廚餘桶裡，讓他中午只能餓肚子。

白錦總是默默地承受一切，像是對他們這些幼稚的找碴行為毫不在乎，這也讓那群人變本加厲，一次比一次還要過分。有好幾次程逸辰都想出手阻止，但帶頭的人警告他要是敢多管閒事，下一個倒楣的就會是他。

那時程逸辰還沒發育完全，別說他們一群人了，就算只打一個他都打不過。程逸辰也沒有像他們一樣有權有勢的家庭背景，種種現實考量下，他懦弱地選擇做一個旁觀者。

那群人做得最超過的一次，也是導致白錦在準備要升二年級時就轉學的主要原因，是發生在期末考前最後一堂家政課。家政老師帶著大家做蛋糕，蛋糕準備出爐時，老師卻被一通電話叫出去。

離開前老師千叮嚀萬交代烤盤很燙，一定要戴隔熱手套才能拿。那群人竟趁著老師不在，一個從後面架住白錦，另一個拽著他兩隻手，最後一個戴著隔熱手套從烤箱裡拿出剛烤好還沒脫模的蛋糕，直接往白錦手上放。

金屬模具在烤箱裡經過高溫烘烤，完全不是一般皮膚能夠直接接觸的溫度。向來對他們的挑釁沒什麼反應的白錦，這次終於做出了不小的反應，他的手掌一下子就被燙出水泡，鑽心的疼痛讓他忍不住掙扎。

可他越掙動那些人就越興奮，把他架得更緊。旁邊看不下去的同學想要上前阻止，都被他們其他同伴擋了下來。

至於程逸辰，他在白錦帶著一絲求救意味的眼神看向他時往前跨出一步，隨即被帶頭那人瞪一眼而腳步微滯。

但那群人這次的行為是真的太惡劣了，就在程逸辰咬牙決定不計後果也要把白錦從他們的桎梏解救出來之際，家政老師回來了，這場鬧劇才在老師一聲驚叫中結束。

白錦的雙手嚴重燙傷，最後連期末考都沒有考，家人就來學校幫他辦了轉學。程逸辰最後一次見到白錦，是在對方跟著家人來學校辦轉學手續那天。程逸辰站在學務處窗外往裡看，白錦像是感知到他的視線回頭看了一眼。

那一眼和往常一樣似乎沒有什麼差別，白錦的眼神總是很冷淡。可程逸辰不曉得是不是自己的錯覺，那短暫不到五秒鐘的眼神裡，他彷彿看見白錦無聲地控訴為什麼不願意站出來幫他。

而那記眼神最終成了程逸辰往後二十年都沒能解開的心結，直到他們再度相遇。

第4章

Sleepless Nights Before Exorcism

白錦平常還有其他工作行程安排，不可能天天都到程逸辰這裡報到，得配合他的時間。只是苦了程逸辰公司的其他員工，女廁暫時被封住，要上廁所只能跑到外面去借，有點麻煩。

這段期間程逸辰也不讓他們加班了，下午五點一到就開始趕人，實在做不完的工作他再想辦法去跟客戶那邊延一延。

可能看在他是老同學的分上，後面幾次白錦並沒有拖得太久，大概每兩到三天會過來一趟，每次處理的步驟程序和時間也都差不多。儘管如此，程逸辰也還是只敢躲在自己的辦公室裡默默等白錦作法結束，然後一起簡單地吃頓晚飯。

白錦通常不會多待，工作完吃個晚餐就走了，程逸辰會抓緊這段時間和他多聊幾句。工作之外的白錦話很少，大多時候都是程逸辰一個人在說話，白錦偶爾應個幾聲，但問他問題還是會回答，不是那種拒人千里的冷漠疏離。

白錦最後一次過來處理是在一個星期三的下午。早上他去分局找葉誌文討論事情，中午提早結束和葉誌文他們吃個飯就過來了，到的時候還不到下午三點，時間尚早，程逸辰就讓他進自己的辦公室待著。

前幾次白錦也有在平日來過，外頭幾個同事都見過這個比想像中還要年輕的大師，也私下討論過這麼年輕，不知道處理起這種事夠不夠可靠。

戴蘇於是說出自己表舅家當初也是請白錦來作法，也提了白錦第一次來就直接敲碎女廁牆壁磁磚，找到藏在底下符咒的事。幾個同事面面相覷，信不信服是一回事，反正女廁他們是暫時都不敢靠近了。

白錦窩在程逸辰辦公室裡的沙發上滑手機。程逸辰很忙，從他進門到現在不到半個小時，就已經接了三通電話，簽了四份文件，還能抽空觀察他桌上的茶水還夠不夠。

本來白錦想趁開工前的空檔，跟程逸辰說一下從葉誌文那裡弄來的資料，關於他們這裡前身在三十年前是一間西餐廳的事。可程逸辰似乎一直都沒有空檔，白錦想還是等今晚把剩下一點都處理完，再一併告訴他好了。

白錦偏頭看了一眼專注工作的程逸辰，不知怎麼的感覺到一股濃烈的睏意襲來，讓他忍不住打了個呵欠。湧上眼眶的淚花使視線變得稍有些朦朧，白錦眨了眨眼，眼皮慢慢闔了起來。

等程逸辰注意到的時候白錦已經睡著了，整個身子滑下來，腦袋枕在沙發扶手上，睡得歪歪斜斜的。

辦公室冷氣開得很強，程逸辰怕他睡一睡著涼，便拿過掛在椅背上的西裝外套走上前，輕手輕腳地拿掉白錦握在手裡的手機，放在旁邊的桌子，而後替他蓋上外套。

有些厚度的布料碰觸到他裸露在外的手臂肌膚時，白錦也沒有半點反應，側著身好像睡得很沉很沉。

程逸辰腳步停在原地，低頭看著那張睡臉。薄薄的眼皮底下透著明顯的青紫色，他發現白錦好像經常掛著黑眼圈，也不曉得是不是平常都沒有好好睡覺。

他看了一會，又俯下身小心地把白錦的頭調整到比較好躺的位置，然後輕出了口氣走回位置。

白錦這一覺睡了快兩個小時，猛然驚醒坐起的時候還有些恍惚，一時間不記得自己人在哪裡。

蓋在身上的外套隨著他的動作落到大腿上，他低頭茫然地看了眼，腦袋還沒轉過來，一旁的門就被推了開來。

「你醒啦？」程逸辰端著一杯熱咖啡走進來，反手將門帶上。

「快五點了，本來想等外面都走光了再叫醒你。」

白錦愣了片刻，像是有些不可置信地問他：「我睡著了？」

「嗯，睡得很沉。」雖然白錦的反應有點奇怪，但程逸辰也沒有多問，只是朝他抬了抬馬克杯，問：「要喝嗎？黑咖啡。」

白錦搖頭說自己不喝咖啡，把蓋在腿上的外套放到一旁，又問程逸辰：「你剛剛一直待在這裡嗎？」

「嗯？對啊，只是有點累才去外面泡杯咖啡，吵到你了嗎？」

白錦一直盯著程逸辰看，盯得很久很認真，盯到程逸辰不自在地問他怎麼了，他才收回目光說：「沒事，沒什麼。」

可能是下午難得地補了場眠，也可能是因為先前已經把大部分怨靈都送走了，這天晚上白錦結束工作的時候，並沒有像之前幾次那樣感到疲憊虛脫。

他坐在程逸辰辦公室裡，吃著程逸辰替他點的晚餐，一邊分享從葉誌文那裡得到的消息。

「這裡很久以前是一間西餐廳，好像滿有名的。後來大概三十年前發生一場意外氣爆，直接把整個餐廳炸沒了，死了包含老闆員工在內總共一百多人。」

白錦叉起餐盒內的青花菜咬進嘴裡，一邊嚼一邊繼續說：「當年雖然是以意外結案，但實際上應該還有隱情。這裡大部分的亡靈我都送走了，只有一個看祂樣子應該是當年餐廳的老闆，怎麼也不肯去投胎。」

「……」

看到程逸辰猛然僵住的表情，白錦又補充：「你放心，我和祂談好條件了。我幫祂解開身上的禁錮，祂不會再繼續待在這裡。」

程逸辰吞下嘴裡的食物，吶吶問：「那祂……呃，會去哪裡？」

白錦聳聳肩，「不知道，祂身上的怨氣很重，淨化咒對祂沒有一點用。這也是我懷疑當年那場氣爆不是意外的主要原因，不過老葉還在查，還沒有最新消息。」

「老葉是誰？」程逸辰疑惑。

「警察。」白錦說：「也是我名義上的爸爸。」

不到一個小時的晚飯時間結束以後，按理說這應該是程逸辰和白錦短期內最後一次碰面。

程逸辰還在想以後能不能用什麼名義約白錦出來，白錦在離開前卻突然叫住他問：「程逸辰，你上次說想彌補我，還算數嗎？」

程逸辰一怔，隨即大力點頭，「算，當然算。只要是我能力可及的範圍內，你要我做什麼都可以。」

白錦想了想，又問他：「我先確認一下，你單身嗎？」

「啊，目前是。」

「一個人住？」

「一個人住。」

白錦於是點點頭，隨後說：「好，那你帶我回你家吧，陪我睡覺。」

程逸辰住在市區一棟三房兩廳的公寓裡。房子是家裡兩老出國前買的，後來他們長年定居國外，這房子自然而然就成了程逸辰一個人的居所。

白錦跟在程逸辰身後進門，在對方替他拿拖鞋的時候快速張望四周一圈。

程逸辰的住處和他的辦公室一樣乾淨，不單只是陳設整齊，放眼望去也沒有什麼不祥之氣或奇怪的鬼影。

「怎麼了？」程逸辰把一雙新的拖鞋擺到白錦身前，而後直起身有點緊張地問他：「不是我家有什麼、呃……不好的東西吧？」

「沒有。」白錦腳踩進拖鞋裡，淡淡回他：「你家滿乾淨的。」

程逸辰這才鬆了口氣。

白錦說來就來，除了工作用的背包以外其他什麼都沒帶。不過男生住外面本來也不需要準備太多東西，程逸辰拿了套自己的睡衣，又翻出一包免洗四角褲給他，讓他等等洗澡的時候可以換。

趁著白錦去浴室的時候，程逸辰稍微把客房整理了下，重新鋪了床，又從儲物間拿了條薄被和枕頭出來。

浴室「嘩啦嘩啦」的水聲讓程逸辰無端有些分神，自從兩年前和前任分手之後，他家就很少再有外人來過，更不用說過夜了。

對於白錦早些時候說的「陪他睡覺」，程逸辰心裡其實沒有個底，他不太清楚白錦說的「睡覺」是不是有什麼暗示的涵義。

然而實際上是程逸辰想歪了，白錦說的睡覺，就真的只是普通躺下來閉眼睡覺的意思。他洗完澡出來吹了頭髮以後，就進到程逸辰幫他整理好的客房裡去，房門一關，就什麼動靜也沒了。

晚上十一點多，程逸辰把帶回家的工作處理到一個段落，從書房出來走回臥室之前，腳步短暫地停在門板閉合的客房前。

客房裡安靜得沒有一點聲音，程逸辰猜白錦應該已經睡著了，本想問他會不會餓要不要吃點宵夜，曲起的指節在空中停頓了幾秒，最後還是放了下來，沒有打擾他。

程逸辰回房裡洗了個澡，出來準備要睡的時候已經十二點了。

他平常都會盡量控制在十二點前休息，今天稍微晚了一點，躺在床上翻來翻去還是覺得這麼多年來一直想好好補償的對象，此時此刻就睡在斜對面的房間裡，實在有點不可思議。

雖然他不明白白錦為什麼會提出這種補償方式，為什麼會想跟他回家，但既然白錦都提出來了，也不是什麼他辦不到的事，他自然不會拒絕。不曉得是不是因為家裡久違地多了個人有點不太習慣，程逸辰翻了半天還是沒有睡意。

也不知翻了多久，他忽然聽見門板被敲響的聲音。聲音很輕，起初他以為是聽錯而沒有回應，過了幾秒又是一連三聲的叩響，程逸辰這才反應過來，連忙下床開門。

門外的白錦抱著枕頭披著薄被，穿著大了一號鬆垮垮的睡衣，在程逸辰開門後抬頭看著他，問：「我能不能睡你這裡？」

程逸辰身體比腦袋快一步做出反應，側過身讓白錦進來，等白錦把懷裡的枕頭放到他床上時才後知後覺地意識到——這是要和他睡一張床的意思？

「那個……」程逸辰抓抓頭，緩慢地踱回床邊。

「那間房間外面有點吵，我睡不著。」白錦很自然地躺到程逸辰的床上，身子縮得很靠邊，留給他一個依然寬敞的空間。

程逸辰不敢深想白錦說的「外面很吵」是什麼意思，畢竟那間客房窗戶外面正對的是不會有車經過的小巷子，通常都很安靜，不應該會有什麼吵到讓人睡不著的聲音。

懷揣著三分緊張七分不安，程逸辰慢慢爬回床上躺下。雖然是雙人床，兩人之間也隔著一條手臂寬的距離，程逸辰依然正躺著，盯著天花板上暗著的燈泡看。

他完全沒有想過，時隔多年自己會有和白錦躺在同張床上的一天，這比剛才一人一房還要來得魔幻。

白錦的呼吸聲很輕，不仔細聽幾乎聽不到，但存在感還是強烈得讓程逸辰難以入眠。

「那個，你要不要睡進來一點？」程逸辰還是忍不住偏過頭，看向一旁捲著被子縮成一團的白錦背影，盡量讓語氣聽起來不要太奇怪，「床滿大的。」

白錦隔了十幾秒才發出一聲睏倦的悶哼，身子往裡挪了挪，兩個人之間的距離也從一條手臂縮減成半條手臂。

這下白錦的存在感更高了。

程逸辰是真的很久沒有和別人睡在一起了，他閉著眼睛數了上百隻羊，仍是沒有半點睡意，寂靜的夜裡他甚至覺得自己心臟跳動的聲音，都比身旁白錦的呼吸聲還要明顯。

最後是怎麼睡著的程逸辰自己也不清楚，可能在數到第一千隻羊的時候意識就開始有些模糊了，等他矇矇矓矓再睜開眼時，外頭天色已經亮了。

首先映入眼簾的是一顆靠在他肩膀上的腦袋。睡前本來背對著他的白錦，不知道什麼時候翻過身來，原本還有半臂寬的距離也縮短為零。程逸辰怔怔地感受著貼在身側的體溫，將近兩分鐘後才慢慢地挪動身體起身下床。

盥洗前程逸辰看了眼手機，才六點半，連鬧鐘都還沒有響。他索性關了鬧鈴，拖著步伐進浴室刷牙洗臉。

白錦大概是在二十分鐘後轉醒的，剛醒時比程逸辰還要茫然，坐在床上放空片刻，過了好一陣子才意識到自己是在程逸辰的家，在他的房間裡。

他有點意外自己竟然能夠睡得這麼沉，甚至一夜無夢直到天亮。

由於長年和鬼神打交道，白錦的精神狀況一直都很差，這麼多年來沒有一天能好好睡上一覺。很多有的沒的「東西」會趁他睡著時鑽入他的夢裡，讓他神經都繃得很緊，難以正常入眠。

白錦看著身旁的空位，按照昨天下午的經驗，他原先是想著只要和程逸辰待在同一個空間應該就能睡著，但後來一個人待在客房裡，輾轉多時依舊難以入眠，意識到可能是要在程逸辰旁邊，他才有機會好好入睡。

事實證明他的猜想是對的。

比起在客房裡翻了兩個小時，還不如待在程逸辰旁邊兩分鐘，短短兩分鐘白錦就沒了意識，沉沉的一覺到天亮。

白錦禮貌地將被子摺好整齊地疊在枕頭上，才翻身下床洗漱。等他走到外面的時候，程逸辰已經將剛準備好的早餐擺上餐桌，招呼著他過來吃。

煎蛋三明治、馬鈴薯泥、水果沙拉、熱豆漿，向來早餐都是隨便買個麵包吃的白錦，愣愣地看著面前一桌連擺盤都很是精緻的菜色，一時間不曉得該從哪裡下手。

「怎麼了？」程逸辰拉開白錦對面的椅子坐下，見他遲遲不動便說：「我平常習慣自己做早餐，家裡有什麼就弄什麼，如果沒有愛吃的你看看想吃什麼，我去幫你買？」

「沒有，不用。」白錦捏起桌上的三明治張嘴咬了一口，邊咀嚼邊說：「我只是有點意外你還會做飯，滿好吃的。」

程逸辰有點不好意思地笑笑，「隨便弄弄而已。」

「我想跟你商量一下。」白錦一口氣喝掉半杯豆漿，抹掉唇周的白漬後，和程逸辰說：「我因為工作關係，平常很難好好睡覺，但不知道為什麼在你旁邊很容易就能睡著，所以以後如果睡眠不足的話，能不能來你這邊睡？」

可以當然是可以，就只是共享一張床而已，程逸辰怎麼可能拒絕，他只是感到有點奇怪，「為什麼在我旁邊就會比較容易睡著？」

白錦聳聳肩，他也不知道，只回說：「你身上給人一種很溫暖的感覺，可能上輩子做過很多好事吧。」

程逸辰有聽沒有懂，不過還是無條件地答應了白錦的提議。

第5章

Sleepless Nights Before Exorcism

這件事於是就這麼敲定下來了。

白錦起初也不是很常來，大概每兩週一次，後來可能是嘗到能好好睡覺的甜頭，頻率也逐漸調高到一週三到四次。

白錦的工作時間大多都是在傍晚到晚上之間，正好和程逸辰錯開。最開始他會在處理完手邊的事情後，再開車到程逸辰家，幾次過後發現程逸辰家附近實在有點難停車，索性車也不開了，要去程逸辰家睡覺的時候就靠計程車代步，反正他也不缺錢。

後來還是程逸辰自願當他的司機，下班以後會載著白錦到案主那裡，陪著白錦處理完工作後，再載著他一起回家。

白錦接的工作很雜，有時候是為臨終老人引渡離開的方向，有時是像他們公司那樣有怨靈作祟的案子。

程逸辰其實對於白錦的工作感到害怕，他懼怕一切科學無法解釋的現象。白錦也看得出來，每次都讓他在車上等就好，但程逸辰就是堅持要陪他一起去。

連程逸辰自己都說不上來為什麼，可能總是想起學生時代，白錦留給他的最後一記眼神。想到當年白錦總是一個人的身影，就忍不住會想要陪在他身邊。

對此白錦是持無所謂的態度，程逸辰想跟就跟，不要打擾到他工作就行。於是程逸辰一週有幾天白天當老闆，晚上就當白錦的跟班，載著他去各個不同的現場，過程中白錦有什麼需要，他也會從旁協助。

有時跟在白錦身邊碰上一些詭異的事，程逸辰會緊閉起雙眼喃喃低念著「阿彌陀佛」。有次被白錦聽到了，他用一種有點複雜的表情和程逸辰說，念這個沒有什麼用還不如罵髒話，鬼都怕比祂們還凶的。

程逸辰將信將疑，下一次陪白錦工作時，一有什麼風吹草動，他就哆嗦著把畢生所學的髒話，統統一股腦地罵了出口。搞得人家案主以為程逸辰在罵他們，差點把兩人趕出去。

那一次程逸辰在白錦臉上看到鮮明的笑意。他也不在意自己是不是被耍了，只覺得白錦那抹淺淡的笑容，在一瞬間似乎觸及到自己心底許久無人碰觸，最柔軟的那一處。

程逸辰和白錦之間的關係，早沒了當初剛重逢那時的生疏。畢竟睡都睡在一起了，只差沒躺同一顆枕頭，蓋同一條棉被。

出於愧疚心理，這段日子程逸辰極盡所能地對白錦好，幾乎是白錦提出什麼需求他都會盡量滿足。可漸漸地他也發現，他們的關係越來越有一種難以形容的曖昧。

雖然可能只是程逸辰單方面的認為，畢竟白錦看上去對什麼事都一副無所謂的模樣，肯定也沒有察覺。

「你知道韶林社區嗎？」

這天晚上關燈睡覺前，白錦半躺在床上滑著手機，忽然開口問。

程逸辰原本還在用平板看工作的東西，聞言跳出頁面搜尋了一下，側傾過身給白錦看自己搜尋到的畫面，「這個嗎？」

白錦整個人湊了過來，腦袋幾乎貼上程逸辰的手臂，伸手在螢幕上滑動幾下，而後點頭，「嗯，明天晚上要去這裡。」

程逸辰斂眸看著白錦靠他很近的髮頂，略長的黑髮掃在他手臂肌膚，掀起一片細細的麻癢。

他輕輕嚥了唾液，不著痕跡地稍微將手臂挪開一點，一邊不由得分神心想他們用的明明是同一罐洗髮精和沐浴乳，怎麼好像在白錦身上味道就特別明顯。

「喂，程逸辰，你有在聽嗎？」

程逸辰的肩膀忽然被白錦用後腦撞了一下，他低下頭對上白錦揚起的雙眸，喉間發出一聲短促的單音。

「我說，明天晚上要去這裡。」白錦重複了一次，「你有沒有空？」

「有有有，當然有。」程逸辰連忙點頭。

白錦奇怪地看了他一眼，倒沒再多說什麼，只是打了個呵欠，縮回自己的枕頭上說想睡了。

枕在手臂上的溫度消失了，程逸辰眨了下眼睛，傾身去關牆上的開關。

韶林社區是這一帶相當有名的富人區，裝潢富麗、警備森嚴，他們填了許多資料，又換了證才被放行。這座社區樓和樓之間的距離都很遠，委託人的住所在最裡面那棟，他們花了點時間才找到確切的門牌位置。

按下門鈴後沒多久，是位年約七十的老婦人出來開門，跟在旁邊的還有一隻小小的紅貴賓。小狗一見到兩個陌生人就開始齜牙，發出戒備的低鳴。

「你們先進來吧。」老婦人彎身將小狗抱起，安撫性地順順牠的毛，一邊讓他們兩個進門。

先前和白錦連絡的應該是一名更年輕的女性，見他表情有點狐疑，老婦人便和他們解釋：「之前連絡你的是我女兒，她兩天前從家裡樓梯摔下去，腿骨折剛開完刀，現在人還在醫院。」

「哦。」白錦應了一聲表示理解。

程逸辰和白錦並肩坐在那張光看就要價不菲的皮製沙發上，邊喝著老婦人替他們泡的茶，邊聽她闡述家裡最近遇到的怪事。

「是這樣的，最開始是我們家狗狗一到晚上就會對著二樓主臥室的門叫，本來以為牠是想進去和我女兒女婿一起睡，但每次進去又會叫得更大聲，也不曉得為什麼，後來只能晚上把牠隔離在一樓才好一點。

「然後是這陣子晚上總會聽見小孩的嬉鬧聲或哭聲，但一直都找不到聲音來源。已經問過周圍鄰居，沒有人家裡有這麼年幼的孩子，甚至也都說沒聽過我們講的那些聲音。」

老婦人面帶愁容地嘆了口氣，「本來想說可能是多心了吧，但那聲音每天，真的是每天，從半夜到清晨，吵得我們一家都沒辦法好好休息。」

「前兩天晚上，我女兒突然從二樓樓梯摔下來。原以為是她自己不小心，但昨天在確認寵物監視器的時候，才看到這段畫面。」

老婦人接著打開電視，把手機畫面投影上去。

那是一段沒有聲音的監視器影像，時間是兩天前的晚上大約九點多，鏡頭是對著通往二樓的樓梯。

前一分鐘內畫面裡沒有任何人影，又過了將近二十來秒，一名女子從旁邊走進畫面中，手搭著樓梯把手，轉頭像是在和鏡頭外的人說話。話還沒說完，她就像憑空被人推了一把一樣，以一種詭異的姿勢向後栽倒，直直摔下樓梯。

程逸辰看著電視上詭異的一幕愣住了，下意識往旁邊按住白錦的膝蓋。白錦側眸瞥了他一眼，好像很習慣了一樣，安撫性地在他的手背上拍了拍，又轉回去看電視螢幕。

「再倒轉回一分鐘前，速度放慢一點。」白錦出聲指示，對方卻一直無法準確地停在他想要定格的地方，白錦於是借過手機自己操作。

在反覆嘗試了好幾次撥放、暫停、倒退下，終於捕捉到在女子摔下樓前，有一團小小黑影從她腳邊一閃而過。

程逸辰捏著白錦膝蓋的手指收得更緊了。

「冒昧請問一下。」白錦將手機還給老婦人，問她：「您女兒之前有沒有流過產，或是拿掉小孩過？」

老婦人聞言立時搖頭，「不可能，我女兒天生子宮畸形，沒有生育能力。」

白錦歪頭想了想，換另一種方式問：「或是您女婿，有沒有可能在和您女兒結婚之前，和別人意外有過孩子但沒有出世？這個陰影的大小和形體，看起來比較像嬰靈在作祟。如果不是您女兒，那也可能是您女婿從外面帶回來的。」

老婦人臉色一變，在短暫的沉默過後，低頭點開手機的通訊錄，「我問問。」

音樂聲和人聲混雜的酒吧裡，方紹榆扯鬆領帶，慵懶地靠著沙發椅背。他的目光鎖定在斜前方一名穿著性感的長髮美女身上，在對方嫵媚地看過來之時，方紹榆勾起唇角舉著酒瓶，朝她騰空示意了一下。

方紹榆長相帶著一點痞氣，在昏暗的燈光下多了幾分勾人。那美女很快就被他勾了過來，兩個人在沙發上調情幾分鐘，被挑起欲望的方紹榆便拉著人往廁所的方向走。

他們甚至沒有等到進去隔間，剛進到廁所就忍不住擁吻在一起。方紹榆靠坐在洗手臺邊，手掌不安分地摩挲著女人的腰間，女人嬌嗔地罵了聲「討厭」，濃豔的紅唇馬上又被再次堵上。

方紹榆以手撥開女人的頭髮撩到一側，歪著頭去吮她頸側薄薄的肌膚。頂上的燈光閃動了下，卻無人察覺。

方紹榆在女人脖子上吸出一塊鮮明吻痕的同時，身後的水龍頭滴落了兩滴水珠，落在潔白的凹槽馬上四散開來。無人注意到的鏡面一角，反射出一團小小身影正縮在隔間外的角落盯著他們。

方紹榆的手剛伸進女人的衣服裡，一道刺耳突兀的手機鈴聲忽然響起。他本不想接，但一看來電顯示是自己岳母，還是將女人稍微推開一點，調整呼吸後接起電話，熟練地應對起來。

「媽，怎麼了？我還在陪客戶吃飯，晚點要去醫院陪敏敏……嗯？什麼小孩？哪有什麼小孩，您在說什麼啊……」

女人的手還攬在方紹榆肩頭，一邊聽他應付著電話那頭的人，一邊故意勾引似地去舔他頸側脹起的青筋。她沒有發出半點聲響，卻還是把男人撩撥得喘息粗沉。

在她準備摸進方紹榆隆起的胯間前，眼眸一轉，在一點心理準備都沒有的情況下，赫然對上鏡子裡憑空多出的一坨血肉模糊東西。那東西正趴在方紹榆的後背，一雙眼珠卡在皺成一團似臉非臉的地方，從鏡子裡朝她眨啊眨。

女人的雙眼猛地瞠大，下一秒一聲刺耳的尖叫直直貫入方紹榆的耳膜，同樣穿過話筒傳到電話那頭的老婦人耳裡。

這麼一聲驚叫，直接把方紹榆方才還有的那麼一點微醺醉意統統叫散了。甚至沒等他來得及和電話那頭的岳母解釋，女人重重一把推開他，踩著高跟鞋「喀噠喀噠」快步跑了出去，留下一臉茫然的方紹榆。

「……不是，媽，剛剛是出了一點意外，不是您想的那樣……真的，唉，我知道了，我現在馬上回去。」

程逸辰怎麼也沒想到，會在白錦的案主家碰上一張有點熟悉的面孔，顯然剛回到家的方紹榆亦然。

「方紹榆？」

「程逸辰？你怎麼在這？」方紹榆納悶地看著坐在他家沙發上的程逸辰，又看向他身邊另一個有點眼熟的男人，想了十幾秒後突然睜大了眼，「你是……白錦？」

白錦依然是那副「我們之前認識嗎？」的表情，目光只在方紹榆臉上停留三秒，眼瞳一轉，看向趴在他肩上的一團肉塊。

「啊。」白錦發出一聲短促的音節，在屋裡所有人視線都轉向他的時候，只平淡地說了一句：「果然在你身上。」

程逸辰心裡其實不希望白錦接下這次的工作，但他知道自己沒有資格也沒有權利插手。

可能白錦是真的不記得了，就像當初剛重逢時沒有想起他一樣。但程逸辰不可能忘記方紹榆當年的所作所為，一如他過不去自己當年只敢旁觀的那一道坎。

方紹榆正是他們國一那年，帶頭霸凌同學的傢伙。仗著媽媽是家長會長，無論他在校欺凌同學的行為有多過分，師長們也都睜一隻眼閉一隻眼。

儘管當初拿烤得燙熱的烤模，往白錦手上壓的並不是方紹榆，但他是在背後的主使者，是把白錦架住不讓他掙脫的那個人。

程逸辰後來趁著白錦睡著時偷偷看過他的手，當年的傷已經癒合完全，只在掌心肉最軟的那一塊留下了不太明顯的疤痕，但也足夠令他又一次被愧疚感吞沒。

趁著方紹榆在和岳母辯解自己在外面真的沒有什麼孩子，對他老婆一心一意，白錦他們就是神棍不要相信的同時，白錦轉頭過來問程逸辰：「你們認識啊？」

程逸辰苦笑了下，「你也認識，我們國一的同學。」

「……哦。」白錦一臉明擺著什麼也沒有想起來，「沒什麼印象，你比較有記憶點。」

程逸辰心裡一跳，問：「我有什麼記憶點？」

「嗯……不知道，可能因為那時候只有你會跟我說話吧。沒有別人跟我講話，只有你，所以才印象比較深。」白錦聳肩，表情依舊沒有什麼變化，同樣也沒注意到程逸辰僵凝的臉色。

白錦或許是真的沒有那個意思，只是平鋪直敘地陳述一個事實，但這話落在程逸辰耳裡，就無端有種令人說不上來的窒息感。明明最後見死不救，白錦對他最深的記憶竟然是只有自己會和他說話。

「我——」

程逸辰雙唇張動了幾下，剛想說點什麼，那頭和岳母解釋不清的方紹榆怒氣沖沖地走過來，伸手就想扯白錦的手，被程逸辰起身沉著臉擋了下來。

「你做什麼？」

「你他媽就是故意的吧白錦！」方紹榆大力揮開程逸辰的手，布滿血絲的眼眸直直瞪著白錦，「還說什麼嬰靈。哈，你分明就是還在記恨當年的事，裝神弄鬼想挑撥別人家庭！」

白錦冷淡地看著趴在方紹榆身上不成樣的肉團，發皺的臉上冒出第二雙眼睛。他和那兩雙眼珠子對視少頃，輕聲說：「還不只一個。」

「你說什——」

「你不信嗎？」白錦打斷方紹榆的質問，他也站起身，越過程逸辰擋在他和方紹榆之間的手。

白錦接下來一連串的動作流暢又迅速。在無人反應過來之際，他咬破右手手指，左手拉過方紹榆的手，用溢出的血珠快速地在他的掌心間畫了一顆眼睛，然後用力將他的手指包攏起來。

程逸辰離得近，這次他很清楚地聽見白錦語速極快地低聲念了一句。

「以血為介，眼見為憑。」

尾音落下的那一瞬，方紹榆雙眼一陣刺痛，他用力眨了一下，睜開時對上的還是白錦那張沒有表情的臉。他嗤笑了一聲，再一次確信白錦只是在裝神弄鬼。

剛想要出言嘲諷，方紹榆忽然感覺褲子被什麼東西扯了一下，低頭一看只見一團肉色、溼淋淋的肉塊，正扒著他的小腿，四顆眼珠從皺成一坨的「臉上」張開，咕溜轉動了一圈。

下一秒，方紹榆瞪大雙眼張著嘴發不出聲，直直向後跌坐在地。

白錦壓下程逸辰的手往前邁了兩步，腳步停在方紹榆跟前，將手上殘餘的血珠隨手抹在褲子上，居高臨下地看著被嚇傻的那人。

「委託我的是你太太，我收錢辦事，沒興趣插手你的家庭狀況，更沒興趣破壞。如果你們不需要處理也無所謂，反正今天也只是過來了解情況，我什麼都還沒做。」

程逸辰站在白錦身後，不知怎麼的，明明白錦的語氣淡然，卻無端透出一股難以形容的壓迫感。

第6章

Sleepless Nights Before Exorcism

「一般民間信仰認為，嬰靈身帶無法降世的怨念，所以會帶給父母不幸，但其實不完全是這樣。」回到程逸辰家，白錦盤腿坐在客廳沙發上，咬著剛剛回程順路買回來的烤地瓜邊說。

「大多嬰靈其實沒有惡意，他們帶著執念留在父母身邊，只是在等一個能重新成為他們孩子的機會。很少有嬰靈會像剛才看到的那種，渾身上下充滿惡意，我猜祂們的生母當初應該是被逼著拿掉小孩的。」

剛才什麼都沒看到的程逸辰，選擇沉默地咬著手裡的食物。白錦看了他一眼，自顧自地接著說：「他在外面的私生活大概很亂，那個方……方……」

在白錦停頓快十秒都講不出那個名字後，程逸辰主動替他接上，「方紹榆。」

白錦點點頭，繼續說：「那個方紹榆，你和他熟嗎？」

「一點也不熟。」程逸辰想也沒想，幾乎是反射性地回答，「國中畢業就沒有連絡了，前兩年同學會才又碰過一次面。」

程逸辰想起兩年前那場同學會，他原本沒有打算參加，拗不過畢業之後不時還有在連絡的當年班長死纏爛打，還是去露了個面。

那時程逸辰正逢事業最低谷的時期，還剛跟前任分手，沒什麼心情和那些老同學們分享自己的近況。他坐在角落喝酒，偶爾有人湊過來搭話，他也都回應得很敷衍，只差沒有在臉上寫著「生人勿近」幾個字。

他那時候覺得人生挺不公平的，尤其看著人群中心的方紹榆。大學那時程逸辰偶然聽人說方紹榆家裡經商失敗，在外頭欠了不少債，再也沒有底氣像以前那樣隨隨便便出了什麼事就拿錢砸人，他當時還覺得老天有眼。

誰知道才過了幾年，轉頭方紹榆就娶到一位家世顯赫的富家千金，家裡的財務危機也在娘家的幫襯下順利度過。還真是不公平啊，惡人得不到惡報——程逸辰在心裡暗忖。

那天他只喝了兩杯酒就走了，沒有多待，時隔數年再看到那些曾經的加害者依然過得很好，讓他一點胃口也沒有。

坐在回程的計程車上，程逸辰腦袋歪得斜斜的，隨著路面顛簸一下下輕輕叩著車窗。接著他有些自嘲地心想，其實也不是所有人都沒有報應。

像他就過得不好。

「……辰……程逸辰？」

程逸辰猛然從回憶裡抽離，對上白錦一張疑惑的臉。

「你又在發呆了。」白錦舔掉嘴角旁的殘渣，把手裡還帶著微溫的紙袋折了兩折，問他：「你是想睡覺了嗎？」

「沒有，沒事，就想到了一點以前的事。」程逸辰微微斂下眼眸，看著手裡還剩大半的食物，頓時沒了胃口。

「哦。」白錦若有所思地盯著程逸辰手上，那半個看起來暫時沒有要再動的烤地瓜，輕嚥了口唾液。

吞嚥發出細微的「咕嘟」聲響傳入程逸辰耳中，程逸辰偏過頭看看白錦，再順著他的目光看向自己手裡，不太確定地問：「你還想吃嗎？」

白錦矜持了幾秒鐘，「如果你不吃了的話，我可以幫你吃，不要浪費食物。」

最後那半顆烤地瓜還是給了白錦。程逸辰看他毫無避諱地直接咬上自己方才咬過的地方，不由得抿了下唇，隨即像是為了掩飾不自在輕咳了兩聲，轉移話題問道：「那這次方紹榆家的委託你會接嗎？」

「他們如果確定要委託的話，為什麼不接？」白錦喉結滾動一下，一臉理所當然地說：「嬰靈算是很好處理的，雖然他身上的比較凶，但應該十分鐘內就能解決。可以輕鬆解決又可以撈一筆，有什麼不接的理由嗎？」

「可是他以前對你——」

程逸辰想說「可是他以前這樣對你，你還願意幫他」，但還沒來得及說完，就被白錦打斷。

「程逸辰，我有時候覺得你很奇怪。」白錦的語氣很淡，透著少許困惑，「你老是提以前，但已經過去的事情又不會改變，為什麼總要困在從前呢？」

程逸辰被他問得一時語塞，想說點什麼又不知道該從何開口。

「我是不懂你怎麼想的，可能覺得我聖母病氾濫，去幫一個曾經欺辱過自己的人？」白錦看著程逸辰的眼眸，語速慢慢地說。

「但對我來說這就只是一份工作，和你的工作沒什麼不同，都是為了賺錢生活。我也不是做慈善，該收的費用也不會少收。還是你覺得，因為他以前對我做過很不好的事，所以我應該以牙還牙，最好養個小鬼天天咒他不幸？」

「我不是……」

「這樣滿沒意思的。」白錦語氣不帶一絲喜怒，只是平平地說：「人生就這麼幾十年，何必浪費時間在記恨、在報仇。對我來說所有感情都差不多，愛啊恨啊，都是生不帶來死不帶去，沒有什麼意義。」

程逸辰原本半開的嘴唇慢慢閉了起來，他總覺得白錦在說這些話的同時，冷淡得像是個沒有感情的機器。

說的好像人生不過就只是一條通到底的路，中間再多顛簸崎嶇都不重要，反正最後的終點都一樣，過程中的一切都沒有什麼好留戀的。

程逸辰覺得有一口氣堵在胸口，又悶又澀。

這陣子相處下來，他確實感覺得出白錦把身邊所有事情都看得很輕很淡。他好像沒有什麼情緒，沒有喜怒、不會哀樂，彷彿游離在這個世界之外，對什麼都不在乎。

但當真的聽白錦親口說出這番話，也不曉得是不是因為記掛又愧疚了這麼多年的事，被對方雲淡風輕地說沒有意義，而莫名感到沮喪。

白錦好像也察覺到了程逸辰的情緒轉折，後來也不再多說什麼，把手上的東西吃完以後，就起身去洗澡了。

那一晚兩人都很安靜，一人躺在一邊，連平常睡前會稍微聊個一兩句都沒有了。明明連爭執都算不上，卻好似有道無形的隔閡橫在兩人之間。

遲遲沒能等到睡意的程逸辰，在黑暗中睜開眼，偏頭往旁邊看了一眼。白錦一如既往地背對著他縮在邊邊，不曉得明天早上醒來時，白錦會不會也像之前睡在一起的每一個早晨一樣，又無意識地貼到他身邊。

後來白錦還是接到了方紹榆太太確認委託的通知，兩週之後再一次前往韶林社區。這次他是一個人來的，事前並沒有告訴程逸辰。

這其實也不是什麼需要隱瞞的事，但光想起那晚程逸辰略顯沮喪的神情，他就沒來由地想避著對方，早點解決完這次的委託。

時隔兩週再度見到方紹榆，那人全然沒了上一次見面時的氣焰，整個人憔悴無比，雙眼滿布血絲、眼窩微陷，鬍子雜亂得像是整整兩個禮拜都沒有刮過一樣。

其實也不意外，白錦斂眸看向掛在對方腿上，已經分裂成兩團的肉團，正對著他齜牙裂嘴。上次他以自己的血為媒介，共享視野給對方，應該也夠方紹榆這兩個星期都活在驚懼中。

白錦抬起頭，草草掃了方紹榆一眼，而後目不斜視地走進門。

方紹榆的妻子已經出院了，只是腿上還打著石膏，行動不太方便，得坐著輪椅，靠家裡請的幫傭推著。

上次替他們開門的老婦人也隨在方太太身側，她們向白錦打招呼，又說了幾句話，全程都沒有看呆站在一旁的方紹榆一眼，就把他晾在一邊像個隱形人一樣，氣氛有種微妙的尷尬。

白錦猜她們應該是已經知道方紹榆在外面的所作所為，所以才會是這種態度，不過他也沒有閒情逸致干涉別人的家務事。

簡單寒暄兩句後，白錦讓方太太和老婦人她們幾人先行迴避，只留被嬰靈纏著不放的方紹榆下來，隨即著手準備做正事。

他先是來到他們家的神桌前，點燃三炷香向供奉的神明打過招呼，而後清脆鈴鐺聲一響，伴隨著平板喇叭傳出的低頻誦經聲，門窗緊閉的屋內捲起了一陣詭異的風，兩道尖銳刺耳的尖叫聲刮過白錦耳膜。

白錦輕蹙眉心，望向抱著方紹榆小腿肉團的眼神帶上了些許壓迫。他的嘴唇快速張動，喉間發出比平板更低更重的音調。

高頻的尖叫聲更響了，在一聲高過一聲的慘叫之中，不只白錦，連哆嗦著靠在牆邊的方紹榆都聽見淒厲破碎的一聲叫喚。

「爸爸——」

緊接著方紹榆雙腿上的重量一鬆，他整個人腿一軟，靠著牆慢慢跪坐了下來。

一如白錦先前和程逸辰說的，雖然方紹榆身上跟的嬰靈比較凶，但他還是只花了大概十分鐘就把祂們送走了，並且沒有消耗太多力氣。

離開前他被已經恢復冷靜爬起身的方紹榆叫住，那人手裡舉著一包菸朝他晃了晃，指了下旁邊的陽臺說：「聊聊？」

白錦原本在盤算等等要不要去程逸辰那裡，突然被這麼一叫，停下整理東西的動作，回過頭奇怪地看了他一眼。

他不覺得他們之間有什麼可聊的，聳了下肩膀沒有打算過去。

方紹榆「嘖」了一聲，在白錦背上背包時忽然莫名其妙地開口問了句：「程逸辰今天怎麼沒跟你一起來？」

白錦抬了下眉，不曉得他為什麼要問這個，但還是直白地回道：「他不喜歡你，看見你就不高興，幹嘛還要來受氣。」

方紹榆被他的話噎了一下，眼底湧上一抹凶狠，垂在身側的雙手用力握緊成拳。

已經不是能夠隨便動手的年紀了，但方紹榆光想到就是眼前這傢伙，害得他現在正面臨婚姻危機，可能還會連帶影響到工作和好不容易靠著娘家另起爐灶的父母，就止不住心底翻湧的惡意。

「你知道程逸辰是同性戀嗎？」方紹榆突兀地說道：「你們關係這麼好，該不會其實在一起了吧？」

白錦眨了眨眼，表情沒有因為對方的話而有所鬆動，也沒有應聲。

「真可笑，當年他對你見死不救，你還肯跟他搞在一起。」方紹榆見白錦不回話，便滿懷惡意地繼續說：「被男人搞就這麼爽嗎？是你搞他還是他搞你啊？你們——」

「夠了，方紹榆。」一道嚴肅的女聲從後頭打斷方紹榆未盡的話，兩個人同時看過去，只見老婦人推著女兒走了進來，臉色極為難看，「你還嫌自己不夠丟臉嗎？」

方紹榆握著拳頭，臉色還是相當陰沉。

「不好意思白顧問，讓你看笑話了。」方太太依舊沒有看方紹榆一眼，只抬著頭和白錦道歉。

白錦擺了擺手表示沒什麼，臨走前腳步在玄關停了一下，他轉過頭看向不遠處的方紹榆，悠悠地拋下一句：「我不曉得你誤會了什麼，但程逸辰是不是同性戀我都不在意，他就算真的是同性戀，也活得比你乾淨。」

白錦回到自己車上後並沒有馬上開走，他傳了訊息問程逸辰在不在家，等了幾分鐘對方都沒有已讀，便趴在方向盤上繼續等程逸辰的訊息。

儘管白錦自身情感淡薄，但依然能敏銳地感覺到身旁人們的情緒變化。自從那晚過後，他總感覺他們之間好像變得有點生疏。

那種生疏不是疏遠，他們還是會睡在一起，程逸辰也仍會在他留宿的每一個早晨替他準備早餐，但就是有一種無法形容的尷尬。

白錦平常對人際關係並不太在乎，也沒有特別在經營，結束工作後和委託人就不會再保持聯繫，身邊幾乎沒有能算得上朋友的對象。關係最親近的除了葉誌文以外，好像就只剩下程逸辰了。

如果關係就這麼慢慢斷了，其實也不會怎麼樣，就是少了一個能夠好好睡覺的地方，和陪他說話的人，有一點可惜。白錦下巴墊在左手前臂上，右手戳著手機螢幕，冷光在漆黑的車內亮了又暗，暗了又被白錦按亮。

反覆幾分鐘後，在白錦想乾脆還是回家時，程逸辰一通電話直接撥了進來。

白錦看著驟然跳出的來電顯示，反應慢了幾拍才接起，甚至還沒有開口，電話那頭的程逸辰就率先問他：「你在哪裡呢？要不要我去接你？」

不曉得是不是自己的錯覺，程逸辰的嗓音透過無線電波傳進耳膜裡，無端有種說不上來的溫柔，他本來沒有浮躁的心，像被輕輕撫了一把，有點麻有點癢。

白錦吞了口唾液，「我剛從案主家離開，現在把車停回家。我把地址傳給你，大概半個小時後來接我。」

程逸辰爽快地答應道：「好啊。」

一通電話講不到一分鐘就結束了，手機都還沒有熱。

白錦把自家地址輸入進對話框，按下發送前腦中驀地閃過方紹榆不久前說的那句——「程逸辰是同性戀」。

「……關我什麼事，和我又沒關係。」白錦自言自語般地小聲低喃了句，把訊息傳出去後，轉動車鑰匙發動車子，油門一踩，就著夜色往回家的方向開去。

第7章

Sleepless Nights Before Exorcism

白錦車還沒開進地下室，遠遠就瞧見程逸辰的車已經停在社區外面。他很快把車停好，回到一樓社區外，坐進那輛熟悉的車裡。

一上車剛繫好安全帶，身旁的程逸辰就遞了杯全糖珍奶過來，順道問他：「你吃晚餐了嗎？」

白錦接過飲料道了聲謝，冰涼的水珠沾在指腹上，他無意識地摩挲了幾下。

程逸辰的體貼都體現在這種小細節，知道他每次工作完精神都會很差、消耗很大，車上總是備著一點讓他補充力氣的小零食，或提前準備飲料，也會在每一次工作結束之後帶他去買好吃的回家吃。

經過這段時間的相處，程逸辰基本上已經摸透了白錦的口味，不吃肉、蔬菜不吃紅蘿蔔；喜歡海鮮尤其是蝦蟹類，喜歡全糖飲料，喜歡各種巧克力口味甜食。

大部分白錦都沒有特別提過，是程逸辰自己觀察出來的。

「白錦？」程逸辰見白錦遲遲沒有回應，伸手到他面前彈了下指，喚回他的注意。

「哦，沒，還沒吃。」白錦插下吸管，邊回答邊吸了一大口，讓甜膩的奶茶瞬間盈滿整個口腔。

「那吃上次那家你說不錯的日本料理吧，我先打電話訂，你想吃什麼？」

「甜蝦丼飯。」

程逸辰露出一種「我就知道」的笑容，轉頭打電話訂餐。除了兩人份的餐點外，還又多單點了一份烤蟹腳和一些烤蔬菜。

聽著程逸辰報出來的幾乎都是自己愛吃的菜，白錦耳尖動了動，低頭又吸了口奶茶。

大約半個小時之後，他們拿了餐回到程逸辰家坐在餐桌前，程逸辰一邊逐一打開餐盒一邊問白錦：「今天要過來怎麼不先跟我講？」

白錦剛洗完手，聞言擦手的動作一頓，他聽得出程逸辰就只是隨口一問，沒有別的意思，但還是沒來由地感到一陣心虛，也不曉得這心虛感由何而起。

白錦垂眸看著被推到自己面前的晚餐，猶豫良久，還是在拿起筷子的同時開口：「我今天去了韶林社區。」

程逸辰想了一會才想起來韶林社區是哪裡，雙眸猛地睜大，「你自己一個人去了方紹榆那裡？」

「唔。」白錦嚼著嘴裡鮮甜的蝦肉，含糊地說：「正確來說，我的委託人是方太太。」

「方紹榆沒對你做什麼吧？」程逸辰沒聽進去白錦的話，皺著眉語氣急切地問：「他有沒有對你怎麼樣？還是有沒有說什麼難聽的話？你怎麼不告訴我啊？」

白錦不曉得方紹榆說他們兩個搞在一起算不算難聽的話，但想了想，還是決定不把這段告訴程逸辰，只簡單地說明。

「他什麼都沒做，我上次短暫開了他的眼，時效能維持大概一個月，他應該暫時沒有心思來找我碴。何況就算他真的想做什麼，現在的我也不是沒有反擊能力。」

見程逸辰表情還是有點難看，白錦的語調連他自己都沒有察覺地放軟了點，接著說：「再說你不是討厭他嗎？我想你既然討厭，就沒有必要再和他碰面了吧。」

過了很久程逸辰的肩膀才垂了下來，他用筷尖戳了戳圓形餐盒裡的生魚片，沒有夾起來，只輕嘆了口氣低聲說：「我討厭他，跟我不想讓你一個人面對他，這是兩回事……算了，至少你沒事。」

程逸辰的語氣難掩失落，白錦聽在耳裡，不知為什麼心裡總有種悶悶堵堵的感覺。那種無形的隔閡好像又被放大了幾倍，兩個人悶頭吃著自己的飯，好一段時間都沒有人開口說話。

吃完飯後白錦主動幫忙把桌子收拾乾淨，從廚房出來時程逸辰已經進書房處理那些永遠沒有盡頭的工作了。白錦立在原地怔怔地看向半掩著的書房房門，他一向不擅處理這種人際關係，一時間有些無所適從。

直到晚上分別洗好澡，白錦裹著一身潮意回到主臥室時，程逸辰已經躺在床上了。見他進來，程逸辰將手上的手機隨手放在一旁，朝他勾了下唇角，「聊聊？」

白錦頓了一下，同樣的兩個字不久前他才從另一個男人口中聽到，但情境卻截然不同。

他爬上床，沒有直接躺下，盤坐在床上問：「聊什麼？」

程逸辰抓了下洗過之後軟塌的頭髮，一下子也不知道應該從何開始講起，片刻沉吟過後，先脫口的還是一聲道歉：「對不起。」

白錦揚了下眉，問：「為什麼要道歉。」

「那天你說的話，我後來想了很久。我的確是一直被困在過去，一直沒有辦法忘記當年你受的傷害。可能你真的不在意、真的早就放下了，但我沒辦法，就算你覺得我奇怪我也放不下。」程逸辰表情認真，語氣誠懇。

「所以我很慶幸，這麼多年後還能和你重逢，讓我有機會能為當年的事做點彌補。對你來說，可能我做這些只不過是在自我安慰而已，但我是真的發自內心想要為你做點什麼。想要陪你，不想讓你和以前一樣總是一個人，更不想讓你一個人去面對以前曾經欺負過你的那些人。」

這話說得其實有點曖昧，但程逸辰自己好像沒有察覺，繼續說道：「如果這些對你來說已經成為負擔，或是覺得困擾了，你告訴我，我再想辦法調整。」

白錦聽罷搖了搖頭，「沒有困擾，你……人很好。」

程逸辰聽了他的評價後輕笑一聲，說出來以後心情舒坦了一點，他拍了拍白錦的枕頭，示意他躺下，自己則伸長了手去關燈。

這晚白錦沒有像往日一樣很快就睡著，他翻過身，適應黑暗的眼眸看著身旁男人的身影，低聲喚他：「程逸辰。」

程逸辰也轉了過來，在黑暗中與他四目相對，喉間發出一聲疑問的短促單音。

白錦其實還沒想好要說什麼，只是下意識地開口喚出程逸辰的名字。他盯著那雙每一次看向他都帶著些許歉疚的眼睛，忽然伸過手，掌心覆上他的臉頰，拇指指腹輕壓著他的眼角。

突如其來的微涼溫度貼了上來，程逸辰半晌沒反應過來，只愣愣地聽白錦輕聲說：「你真的不用對我感到愧疚。當年的事說到底本來就與你無關，你也沒有義務冒著變成下個被攻擊標靶的風險，一定要替我出頭。」

「我……」

「轉學之後雖然還是沒有交到什麼朋友，但也沒有人再找我麻煩，我過得……還挺順利的。知道這些，會讓你覺得好受一點嗎？」

程逸辰不知道聽了這些有沒有讓自己好受一點，只覺得有一股熱流順著白錦碰觸的地方，一路湧進他的心口。當兩人都不再開口時，程逸辰彷彿能聽見自己心跳的響動聲，在黑暗中格外明顯。

戴蘇發現自家老闆最近有點奇怪。

身為祕書的她，每天和程逸辰接觸得最為頻繁，這一陣子經常看他動不動就對著手機不是嘆氣就是傻笑。她觀察了一小段時間，總結出一個結論。

「我懷疑老大談戀愛了。」

週五的下午茶兼八卦時間，戴蘇手握著飲料杯，轉過身來壓低聲音跟同事們說。

話音剛落，其他人紛紛點頭表示贊同。

「我上次不小心聽到老大在茶水間講電話，語氣超級無敵溫柔。」

「啊，我也聽過！上次送文件進去給他簽的時候，聽到老大問電話那邊的人晚餐要吃什麼，聲音有夠軟！」

在公司處理好那些不乾淨的東西後，終究還是回來上班的馬曉莉，也加入了八卦的行列，「是那個有時候會來等老大下班的白大師嗎？我好像看過他們一起行動。」

程逸辰的性向在公司裡並不算什麼祕密，他的前任甚至還是某個合作開發商的窗口，凡在公司待超過兩年的人都知道。

兩個人只交往大概一年的時間就分手了。雖然對外都宣稱是和平分開，但大家都猜得到對方就是看他們公司發展不好，覺得沒有前景才和程逸辰分手，為此他們還替自家老大打抱不平了好長一段時間。

後來這一兩年公司發展比較好了，那間公司也經常拋來合作方案，礙於業界就這麼丁點大，兩家公司之間仍然不時有合作。但只要是那個窗口打過來的電話，知情的同仁接到，總不免會先冷嘲熱諷一番，才接著進入正題。

儘管這段短命的感情，程逸辰老早就放下了。

「我也猜應該是白大師。」戴蘇接著馬曉莉的話說道：「畢竟這一陣子跟老大走最近的也只有大師了，如果不是他……老大應該沒有那麼渣才對。」

外頭幾個人聚在一起猜得熱火朝天，辦公室裡的程逸辰卻正對著手機嘆氣。

白錦接了個工作，這幾天人都在外地，算算他們已經一個多禮拜沒有碰面了。平常不見面的時候，兩個人也很少傳訊息或講電話，程逸辰嘗試過主動開啟話題，但白錦的回覆總是很簡短，來回個幾則訊息就結束了對話。

他看著兩人聊天視窗最後停在前天晚上，他問白錦吃過晚飯沒，白錦只簡短地回了他一句「吃了」就沒有然後了。

程逸辰也沒有想過，短短幾個月的時間，自己好像已經習慣有白錦在身邊的日子。習慣晚上睡覺時身旁有另一道不屬於自己的呼吸聲，也習慣早上那人總是會不自覺貼上來的體溫。

乍然有一週多碰不上面，讓他心底無端有些空落。

程逸辰不是一、二十歲沒有戀愛經驗的毛頭小子，他隱約察覺到自己對白錦除了從前積累下來的愧疚以外，還多了少許的……悸動。

他把一直沒有動靜的私人手機推到一旁，投入工作不到五分鐘，又忍不住拿過來點開看看有沒有新的未讀訊息。等意識到在做什麼時，程逸辰長出了一口氣，手掌撐著腦門，覺得自己大概是真的沒救了。

白錦是在兩天後的下午回來的。

他已經連著好幾天都沒能好好睡上一覺，好不容易才淡一點的黑眼圈又冒了回來，一下車就不停打呵欠，現在只想去程逸辰那裡好好補上一覺。

白錦沒有特別和程逸辰說什麼時候回來，主要是他的行程安排也不太穩定，按理說昨天晚上就該要回來的，硬生生又被多拖了一天。

他直接搭計程車到程逸辰住處，禮拜天下午程逸辰通常都待在家裡，不是工作就是看書。儘管剛剛下車前打電話對方沒有接，但白錦想如果程逸辰剛好不在也沒有關係，他可以待在外面等。

幾分鐘後，他站在門口試著按響程逸辰家的電鈴，來開門的卻是一張陌生男性的面孔。白錦看著那張同樣疑惑的臉後退半步，仰頭看了眼門牌，確定自己沒有走錯。

「請問你——」

門裡那人話還沒說完，白錦就聽一道熟悉的聲音出聲打斷對方：「喂，你不要隨便應我家的門——白錦？你什麼時候回來的？怎麼不先跟我說一聲？」

當注意到門外站著的是白錦時，程逸辰臉上的表情一下從沒好氣轉成驚愕，短短一瞬的變化被一旁的男人盡收眼底。

他抱著手臂，目光饒有興致地在兩人之間來回掃了幾眼。

「我剛剛有打給你，但你沒有接。」白錦說得理直氣壯。

「……我手機放房間充電。」程逸辰抓了抓頭，「算了，你先進來吧。」

白錦坐在客廳沙發上，氣氛有種說不上來的……詭異。屋子裡除了程逸辰和那個他不認識的男人以外，還有一隻毛色灰白相間的小貓。

小貓翹著尾巴在白錦身邊繞了一圈，而後像是沒什麼興趣似的，轉頭四條小短腿一蹬，跳到坐在白錦身旁的程逸辰腿上，用扁扁的臉蹭他的肚子，好像和他很熟一樣。

「你好。我姓杜，杜明松。」

白錦看著小貓窩在程逸辰腿上不走，還沒回神，就聽坐在單人沙發上的男人向他自我介紹。他抬起頭朝對方看過去，那人莞爾一笑，又接著說：「我是阿辰他們公司的合作伙伴，也是他的……好朋友，對，好朋友。」

杜明松在說「好朋友」三個字前看了程逸辰一眼，笑得別具深意。

而白錦似乎沒有看出來，只是點了下頭，淡淡說：「白錦。」

杜明松本來就自來熟，又對白錦這個假日出現在程逸辰家裡的男人格外好奇，便多問了句：「你和阿辰是……」

「不是。」

「我們是國中同學。」

程逸辰和白錦同時出聲，白錦奇怪地看了眼說「不是」的程逸辰，不明白他在否認什麼。

「國中同學？」杜明松有點意外這個比想像中還要遠的關係，「所以你們是後來在工作上又有交集嗎？」

「好了杜明松，你問題會不會太多了？」

「我就隨便問問，白先生不想回答可以不用回答。」

白錦覺得程逸辰的反應有點奇怪，好像不是很想讓他們有過多的交集，但又不曉得是為什麼。

「可以這麼說吧，但可能不是你想的那種交集。」白錦想了想，從背包夾層裡摸出一張名片起身遞過去給對方，「只是剛好他們公司有需求，找到我幫忙處理而已。」

「靈學顧問。」杜明松看著白錦的名片，將他的職稱一個字一個字念了出來，不明所以地抬頭問他：「什麼意思啊？」

「字面上的意思。」白錦聳聳肩，「如果你有碰上什麼沒辦法處理的靈異事件，也可以找我。」

杜明松沒想到白錦的來頭還挺……特別，愣愣地將白錦的名片反覆看了幾遍，忽然想到什麼似地「啊」了一聲，「我有個朋友在一間育幼院做社工，他們那裡最近好像有遇到什麼怪事，可以把你的連絡方式轉給她嗎？」

程逸辰神情複雜，白錦倒是無所謂地點頭，「可以啊。」

第8章

Sleepless Nights Before Exorcism

雖然程逸辰那群員工總認為是杜明松不厚道，在程逸辰最落魄的時候甩了他，但實際上當初提分手的其實是程逸辰。

兩個人之間也沒有多錯綜複雜的愛恨情仇，都是成熟理性的大人，感覺不對就及時止損罷了，分手後依然是不時會連絡的朋友，工作上也頻有往來。

儘管如此，此時此刻程逸辰坐在一旁，看杜明松和白錦兩個人你一言我一語地聊了起來，心底還是越發感到焦躁。

他一來沒想到，杜明松會突然帶著以前曾經一起養過的貓來，請他幫忙照顧幾天。二來更沒想到，這幾天幾乎失聯的白錦會選在今天回來，甚至直接跑到他家按門鈴。

最讓程逸辰萬萬沒想到的是，他的前任和目前有好感的對象竟然相談甚歡，甚至聊到沒有他能夠插嘴的餘地，只能坐在中間，一邊聽他們說話一邊擼貓，覺得荒謬至極。

程逸辰就這麼聽他們聊了將近二十分鐘，杜明松終於接了一通電話然後說要先走了。程逸辰鬆了一口氣，輕輕把腿上的貓放下來。

小貓爪子抓在程逸辰褲腿上，長長的尾巴翹在空中晃了晃，像是有些不捨地

「咪咪」叫了兩聲。

「走吧杜比，程叔叔沒空照顧你，我們去找別的叔叔。」杜明松把小貓抱回外出籠裡，然後提著站起身來，朝白錦抬抬下巴，「那白先生，我們之後再保持連絡。」

「嗯，好。」

「我就先走啦，不用送了。」這句話杜明松是對著程逸辰說的，語罷還朝他曖昧地挑了下眉。

程逸辰沒好氣地擺擺手，「沒人要送你，快走吧。」

等杜明松帶著貓走了以後，程逸辰的視線從閉合的大門移開，也不知道為什麼自顧自地開始解釋起來：「那傢伙下週要出差，本來想托我照顧杜比幾天……就剛剛那隻貓。不過我和他說不方便了，畢竟現在家裡也不是只有我一個人在。」

「是因為我嗎？」白錦看程逸辰點了下頭，便說：「這裡是你家，其實可以不用顧慮我，只要旁邊留個位置讓我睡覺就好了。」

他把自己說得比貓還要好養，好像只要程逸辰在旁邊留個給他睡覺的空位，程逸辰要帶貓帶狗，甚至是搬整個動物園回來都無所謂。

程逸辰盯著白錦的眼睛，喉結輕輕滾動了下，他張了張嘴，「其實我跟他……」說到一半程逸辰話音一頓，一下子又不知該從何說起。重逢至今也過好幾個月了，他始終不曾向白錦提過自己的性向。

倒不是有意隱瞞，只是一直找不到時機提起。畢竟兩個人平常睡在一起，程逸辰要是突然抓著白錦說一句「其實我是同性戀」，那也未免太刻意太奇怪了。

今天是湊巧杜明松造訪，還被白錦碰了個正著，程逸辰思索很久，終究還是向他坦言道：「杜明松其實……是我前男友。」

「喔。」白錦輕應了一聲，回說：「大概能猜到。」

白錦的反應太平淡了。雖然平常也是這樣，但怎麼說他也是在毫不知情的情況下，和一個同性戀同床共枕這麼長一段時間，難道心裡就沒有一點介懷嗎？

程逸辰於是問：「之前一直沒有告訴過你我是同性戀，還經常和你睡在同一張床上，你一點都不介意嗎？」

「為什麼要介意？」白錦想了一下，到底還是沒提之前方紹榆已經告訴他了，只說：「睡在一起只是因為我在你旁邊才睡得著，不管你是不是同性戀，都沒有關係吧。」

「你難道就不怕我對你有其他想法嗎？」

「你有嗎？」白錦歪著頭朝他眨了眨眼，而後又自問自答一般地說：「沒有吧，前男友長得這麼好看，你的眼光應該挺高的。」

白錦望向他的眼神和語氣實在過於單純，程逸辰不自覺嚥了口唾沫，一時間承認也不是，否認的話也說不出口，只能局促地別開目光，含糊地「唔」了一聲。

白錦又看了程逸辰的臉一會，幾秒鐘後突兀地打了個呵欠。剛剛和別人聊了半天，差點忘記是過來補眠的。

「好睏，我想要睡一下。」白錦揉掉眼角的淚液，語帶抱怨地和程逸辰說：「我已經一個多禮拜沒睡好了。」

程逸辰瞥了眼窗外還亮著的天色，有點擔憂地問：「你現在睡晚上還睡得著嗎？要不要再撐一下，今天晚上早一點睡，嗯？」

「不要，我瞇半個小時就好。」

白錦斜傾過身，整個人直接往程逸辰身上靠，好像全然不記得這人剛剛才對著自己出櫃，就這麼腦袋壓著他的肩膀，一雙眼睛慢慢闔了起來，語速也緩緩降下，脫口的字句都黏在嘴裡：「反正有你在，睡多久都能睡得著……」

程逸辰僵著肩膀不敢動，直到平穩的呼吸聲傳進耳畔，他才稍微偏過頭。從這個角度看過去，能一路順著白錦飽滿的額頭看到他挺翹的鼻尖，和那微微張開的薄唇。

程逸辰輕嚥了口唾液，連呼吸都不敢太用力。他忽然有點慶幸白錦靠著的是他右肩，如果靠在左邊，自己快到反常的心跳聲可能會藏不住地，統統傳進白錦耳朵裡。

白錦在他身邊總是能很快睡著，還睡得很沉，每次都讓程逸辰覺得很神奇。可能自己身上真的有什麼特殊魔力，能讓白錦感到放鬆，無論是什麼，都讓程逸辰感到萬般慶幸。

在沙發上靠著睡總歸不比床上躺著舒服，白錦的腦袋好幾次都差點因為慣性和重力往下滑，程逸辰左手一直虛扶在白錦臉邊，避免他真的滑下來。

在掌心不知道托了幾次白錦的臉後，程逸辰深吸口氣，終於還是決定把白錦抱回房間。程逸辰一手繞到白錦後腰，彎下身另一手勾住他的膝窩，稍一使力，就把他整個人從沙發上抱了起來。

白錦看起來就不重，抱起來又比想像中更輕了一點，程逸辰幾乎沒用上太多力，輕而易舉就把人抱進房間床上放好。

而白錦絲毫沒有感覺到整段被移動的過程，仍然睡得很沉。程逸辰坐在床邊，垂眼看著那張恬靜的睡臉，忍不住伸出手，用手背輕輕蹭了下他柔軟的臉頰。

程逸辰沒辦法幫杜明松顧貓，還有個很重要的原因。杜明松出差的期間，正好和程逸辰他們公司先前就訂好的員工旅遊撞期了。

自從去年公司營運狀況由虧轉盈後，為了凝聚向心力也為了犒勞部屬，程逸辰答應員工們在條件允許的情況下，每年會安排兩次員工旅遊，一次國外一次國內，地點和行程由他們自行決定。

今年年初他們去澳洲玩了五天四夜，臨近年底的現在由於工作量遽增，大伙們討論後決定簡單一點，去鄰市山區來個兩天一夜的懶人露營。時間地點程逸辰全權交由底下的人決定，他都能配合，只要時間到了他人到錢也到就好。

不過這次行前兩天，戴蘇來通知行程的時候，試探性地問了句：「對了老大，這次露營你有要攜伴嗎？要的話我得先通知營區那邊，準備的烤肉食材要追加一份。」

只差沒把白錦的名字說出來了，戴蘇眼神中帶著一絲隱晦期盼地看向自家老闆。

「哦對，正打算跟妳說。」程逸辰點了下頭，「禮拜五白顧問會跟我們一起去，他坐我的車。烤肉的食材就不用請營區那邊特別再多準備了，他不吃肉，他的部分我會自己準備。」

戴蘇忽然有種被強制接收閃光彈的錯覺。

「老大。」戴蘇到底還是耐不住心底的好奇，忍不住壓低聲音問他：「你跟白顧問，你們已經是進行式了，還是你還在努力啊？」

「什、咳、咳咳咳——」程逸辰剛含進嘴裡的一口茶險些沒噴出來，猛地嗆咳了好幾下，咳到整個脖子都紅了好不容易才停了下來。

戴蘇連忙抽了幾張面紙遞過去，「老大你別激動啊！」

可能因為公司規模小，程逸辰又年輕，也不太怎麼會擺出老闆的架子，加上大部分都是以前一起苦過來的伙伴，他和員工們之間的關係一直都還算挺緊密，有時也會像朋友一樣聊些比較私人的話題。

像之前和杜明松談戀愛那會，他也從不避諱讓他們知道，分手了也會和他們說是和平分開，要他們別老是覺得對方不好。可他沒有想到，和白錦根本什麼都還沒開始，這群人就比白錦早一步看穿自己的那點小心思。

「妳為什麼……」程逸辰接過面紙擦了下臉，又有些尷尬地問：「很明顯嗎？」

「超明顯的好嗎。你看白顧問的眼神和跟他講話的語氣都不一樣，你以前跟那個杜總監的時候都沒有這樣。不過白顧問我就不確定了，畢竟不熟。」戴蘇意味深長地又說：「所以你們……」

「我們什麼都沒有。」程逸辰嘆了口氣，搔了搔頭說：「也不是妳想的那樣，情況有點複雜，總之你們見到他不要亂講話。」

程逸辰沒想到，自己已經表現明顯到連員工們都看出不對勁，只有白錦一個人什麼也沒察覺。這讓他有點苦惱，深怕帶白錦跟他們一起去員工旅遊時，會露出什麼破綻。

然而就算如此，對於這次的出遊，程逸辰心裡多少還是抱著一點期待，他向白錦提議一起去的時候，也沒想到白錦會這麼爽快就答應下來。

白錦國一就轉學了，他們沒有一起經歷過國二的宿營和國三的畢業旅行，儘管現在經常碰面還總是睡在一起，但和一起出去玩還是有不小的落差。行前一天程逸辰甚至罕見地亢奮到睡不太著，以前學生時代都沒有這樣過。

車裡放著七零年代的懷舊金曲，白錦在音樂聲中轉頭看向駕駛座上頻頻打呵欠的男人，眼神不自覺地透著一點憂慮，沒想到有一天會輪到自己問：「不然還是我來開吧，你補個眠？」

「沒事，我現在很清醒。」程逸辰眨掉眼裡的淚花，幾秒後卻又略略帶著鼻音說：「幫我拿個薄荷糖。」

程逸辰不抽菸，平常都靠薄荷糖或咖啡提神，早上出門前才喝了杯手沖，但那點咖啡因好像還是有點不夠。

白錦熟門熟路地打開副駕駛座前的置物區，從一堆自己平常吃的零食中，翻到程逸辰的薄荷糖，剝了一顆出來。本來程逸辰要伸手接，前面卻突然有一臺車從路邊岔出來，嚇得他剛離開方向盤的手又馬上握了回去。

白錦見狀索性直接拆開包裝紙，指尖捏著半透明的糖塊湊到程逸辰嘴邊，「張嘴。」

在腦袋反應過來之前，程逸辰的身體先做出了反應，張嘴將那顆散發著濃濃薄荷味的糖果咬進嘴裡。微涼的指尖擦過他唇瓣，等白錦的手已經收回去了，他的心跳慢了半拍才開始加速。

趁著停等紅燈的間隙，程逸辰用餘光往旁邊瞄了一眼，白錦正低著頭回訊息，嘴裡叼著剛剛順便拿出來的巧克力棒，露在嘴巴外長長的一截隨著他的咬動晃著。

本以為白錦不會留意到他的目光，卻在燈號轉換時，那個一直沒有抬頭的人突然出聲：「綠燈了喔。」

搭在方向盤上的手指猛然一僵，程逸辰匆匆將視線轉回前方，假裝沒事地踩下油門，接下來足足有一大段時間都不敢再往旁邊看。

白錦咬完一根巧克力棒的同時也回完了訊息，他放下手機，瞥了眼反應奇怪的程逸辰，倒沒說什麼，只是又摸了一根巧克力棒塞進嘴裡，用門牙一小段一小段地咬，吃得像什麼小動物一樣。

本來就比較晚出發，加上開上山的途中因為路不熟稍微繞了一下，等程逸辰他們抵達的時候已經是中午，其他人也都已經到了。

不遠處有好幾個孩子玩鬧在一起，不少員工攜家帶眷來，因此他們包下了整個營區，避免受到外人干擾。

「老大！這裡這裡！」

程逸辰扛著裝了滿滿海鮮食材的保溫箱，遠遠就看見戴蘇和幾個人在野炊區朝他們揮手。他把東西搬過去放到偌大的石板桌上，扶著桌子喘了幾口氣。

旁邊有人問：「什麼東西啊，這麼大一箱？」

程逸辰騰出一手往旁邊一指，略帶喘意地說：「你們白顧問的晚餐。」

突然被點名的白錦微微一愣，而後朝他們輕點了頭，打了聲招呼：「嗨。」

雖然不是那種平常會閒聊兩句的關係，但白錦經常在快下班的時候，到公司找程逸辰，一來二往公司的人也對他不是那麼陌生。

「老大你們的帳篷在B區第一張，可以先過去放行李。」戴蘇塞了張營區地圖給他們，又說：「午餐大概還要十五分鐘才好，到時候我再讓人去叫你們。」

說罷她朝程逸辰曖昧地眨眨眼，被程逸辰反瞪了一眼後，嘻嘻哈哈地跑了開來。

B區營地和野炊區有些距離，一路上白錦都在張望四周，程逸辰循著他的目光只能看見一片青綠色的草坪和湛藍的晴空。

「這裡應該……」程逸辰調整了一下肩上的背包，小心翼翼地開口問：「沒有什麼奇怪的東西吧？」

白錦看著斜前方一道不帶惡意的虛影一閃而過，沉默了半晌，還是撒了個小小的善意謊言，「沒有，這裡挺乾淨的。」

反正這裡的東西看來都沒有惡意，程逸辰也看不見，這點小謊應該也無傷大雅……吧。

第9章

Sleepless Nights Before Exorcism

山裡的收訊很差，一群依賴網路的都市人久違地放下手機擁抱大自然。

午飯過後天氣很好，營區主人便準備了一些水球和水槍給小朋友們玩，結果一群大人見狀也玩心大起，跟著那些孩子們瘋玩在一起。

寬敞的廣場滿是歡騰的笑聲與尖叫聲，程逸辰本來拉著白錦坐在另一側的躺椅上晒太陽，離那群瘋子遠遠的，四五個員工卻悄步圍到他們身邊。

他們不敢對白錦出手，槍口於是全部都對著自家老闆，在程逸辰察覺不對勁睜開眼時，笑鬧著往他身上噴水。

「喂！」程逸辰高喊一聲，連忙從躺椅上爬起來，「你們是不是都不想要這個月的獎金了！」

「老大你包袱太重了啦！快過來跟我們一起玩！」已經渾身溼透的馬曉莉對著程逸辰的臉又是一槍，在他長腿跨下躺椅的時候，又很孬地尖叫著往旁邊躲。

「你們一個個都別給我跑啊！」程逸辰也不管身邊站著的人是誰，劈手就搶過那人手裡的水槍開始反擊。

白錦本來躺得好好的，都快睡著了，被身旁突如其來的動靜鬧得也沒辦法睡，乾脆坐起來看他們玩。

程逸辰作為老闆年紀不大，也就三十出頭，他底下的員工們年紀也大多落在二、三十歲左右，都很年輕，玩鬧起來就像一群沒長大的孩子。

白錦曲起腿雙手環抱住膝蓋，目不轉睛地盯著人群中的程逸辰。陽光灑落而下，映得他臉上的水珠一顆顆反射著晶亮的碎光，莫名地耀眼，耀眼得讓他的視線不由自主地多停留了好幾分鐘。

就在白錦看著程逸辰發愣之際，忽然一道尖銳的女聲喊了句「白顧問救我」。緊接著他坐著的那張躺椅被人拉動了一下，下一秒一道冰涼的水柱朝他身上噴了過來。

白錦表情有些錯愕地看向舉著水槍的罪魁禍首，程逸辰同樣愣怔地與他四目相望，過了幾秒他看著白錦身上的水痕和愕然的神情，忍不住噗哧一聲笑了出來。

「你……」白錦沒料到程逸辰會是這個反應，張了張嘴吐出一個「你」字後，一時間也不曉得該說什麼。

「白顧問這給你。」躲在白錦後頭的馬曉莉把自己的水槍塞給白錦，笑嘻嘻地和他說：「君子報仇三十秒都嫌晚！」

白錦動作有些生澀地握住那把溼淋淋的水槍，一腳踩下躺椅，把槍口對準程逸辰。

「等等白錦，你冷靜點想，要不是曉莉突然跑到你後面躲，我也不會失手——」

程逸辰話音驟停，眼睜睜看著不會用水槍的白錦射出一道無力的水柱，射程可能還不到三十公分。

四周的喧騰頓時僵凝在這一秒，所有人的目光齊齊轉向白錦。白錦卻好像沒看到一般，只是皺著眉把水槍反過來看了看，然後對著程逸辰問：「這個怎麼用？」

程逸辰失笑，幾步上前接過白錦手上的玩具，和他說：「你沒有先打氣，裡面的壓力不夠。看，要先抓著這邊，然後這樣。」

程逸辰實際操作一遍給白錦看，白錦點點頭，等接過程逸辰替他灌好氣的水槍後，先是道了聲謝，而後毫不留情地往他身上噴水。

本來就溼了一片的POLO衫，在白錦不留情面的近距離攻擊下更是慘不忍睹，程逸辰笑著「喂」了一聲，喊道：「你這樣不對吧！」

白錦分毫沒有感到愧疚，他雙腳踩下地，不由分說地也加入了戰局。現場的氣氛在白錦加入後又變得更熱鬧了幾分，儘管白錦不說話，只專注攻擊程逸辰。

一陣涼風吹落樹梢上搖搖欲墜的樹葉，泛黃的葉片輕飄飄地墜在白錦頭頂。程逸辰下意識想替他摘掉，才剛伸出手，白錦同時抬起頭，一瞬間對上的那張笑臉讓程逸辰怔在原地，手也騰在半空中，好半天都沒有動。

「怎麼了？」白錦疑惑地問。

「啊？哦、沒事。」程逸辰聞聲才反應過來，還是拿下白錦頭上的那片落葉，「只是有葉子掉到你頭上，我幫你拿掉了。」

「喔，謝謝。」

程逸辰不是沒見過白錦笑，只不過都是那種輕勾一下唇角的淺淡笑意，像剛剛那樣，笑得連眼眸都微微彎起的樣子，程逸辰還是第一次看見。有那麼短短幾秒鐘的時間，他被那抹笑意晃得心跳都不受控制地快了起來，久久沒能平緩下來。

十月中的山上，吹過的風都帶著涼意。

程逸辰怕一群溼了身的傢伙吹風著涼，又玩了會後就趕他們回去換衣服，自己也帶著白錦回到帳篷裡。他們背對著彼此換了一身乾淨的衣服，程逸辰把兩人份的溼衣服掛在隔壁帳篷借給他們的衣架上，到外頭找了個地方晾著。

白錦側著身躺在軟軟的墊子上，默默看著程逸辰來回進出好幾趟，最後才終於落坐在他身旁的床位。

「好玩嗎？」程逸辰仰頭喝了口水，問他。

白錦點了點頭，輕聲說：「還滿有趣的，你的員工們都很好相處。」

此時白錦臉上的笑意已經散去了，又變回平常那個淡漠的白顧問，但透過語氣，程逸辰依然能覺察出他的放鬆。

「以後有活動也都帶你來。」程逸辰將瓶蓋轉回去，語氣故作自然地向白錦承諾。

脫口後程逸辰有些忐忑，覺得這句話曖昧到有點過於明顯了，不曉得白錦會不會聽出什麼。他捏著寶特瓶的手指無意識地收攏了幾分，片刻沉默過後，聽見白錦應道：「好啊。」

晚上烤肉活動，程逸辰準備的一大個保溫箱的海鮮，被那群員工蝗蟲一樣地分食了大半。他哭笑不得地要他們留點給白錦，不然那堆肉白錦吃不了，晚上得餓肚子。

說是這麼說，實際上白錦什麼都不用做，烤好的食材就會自動擺到他的盤子上，根本不用擔心吃不飽。晚飯過後大伙齊力把環境收拾乾淨，倒沒再像下午一樣鬧騰，各自散開在營地各個角落自由活動。

早早就先洗過澡的白錦，坐在帳篷附近一小片無人的空地上，程逸辰找過來的時候正仰著頭望向漫天繁星。山裡光害少，天氣好的時候能看到都市裡看不到的另一片風景。

程逸辰把剛剛去販賣機買的易開罐貼到白錦臉上，猝不及防被冰了一下的白錦「唔」了一聲，眉心輕輕皺起。他轉過頭看了程逸辰一眼，半晌伸手接過程逸辰手中的飲料。

「這裡環境還不錯吧，挺清幽的。」程逸辰坐到白錦身旁，兩人之間只隔了大約一個手掌寬左右的距離。

白錦低應了聲「嗯」，拉開易開罐喝了一口酸甜的碳酸飲料，喉結來回滾動幾下輕出了口氣，目光望回灑滿星點的夜空，「以前沒有過這種經驗，我是說和朋友一起出門玩。」

程逸辰問：「以前高中和大學的時候也沒有嗎？」

「沒有。」白錦的嘴唇貼在易開罐開口，時不時地抬抬下巴抿一口，他的語氣淡得沒有一絲情緒起伏，「國高中的校外教學和畢業旅行我都沒參加，大學那時候系上關係也不緊密，連畢業旅行都沒有辦。」

程逸辰聽著白錦的話，偏頭看過去。銀柔的月光鋪落在白錦身上，儘管他看上去一點也不在意，程逸辰還是感覺到自己的心口隨著這番話縮緊了一下。

「所以謝謝你，程逸辰。」白錦轉過頭，在程逸辰毫無防備之際，眼含笑意地和他四目相對，「給了我一個從來沒有過的經驗。」

那一瞬間程逸辰忽然有股異常強烈的悸動與衝動。

他的右手撐在地上，小拇指碰到白錦同樣貼著地面的左手小指。白錦的體溫總是很涼，令他不由自主地將整隻手覆到白錦的手背上。

程逸辰嚥了口唾液，嗓音在夜空下顯得比平常還要低沉沙啞些許，「上次問你不怕我對你有其他想法嗎，你說我眼光高，應該沒有。」

白錦直直地望進程逸辰的眸底，像是沒有反應過來，呆愣地聽他繼續說。

「你說對一半，白錦。」程逸辰微傾過身，在鼻尖貼上白錦的鼻尖時停了下來，那雙薄唇張動，聲音壓得更輕更低，「我的眼光確實一直都不低，但也的確對你有其他想法。」

白錦的眼眸稍稍瞠大，他的左手被程逸辰握著。下一秒，白錦甚至還沒有意識到他們的距離有點過分靠近，嘴唇就被一道柔軟的觸感輕輕掃過。

白錦有一雙特別的眼睛，能看到很多平常人看不到的東西。他看過無數人情冷暖，見過無數惡意善意，就是從來沒有看過一雙眼睛像程逸辰這樣，眸底盛著他陌生的情意。但他並沒有感到一絲反感，尤其當程逸辰吻上來時，有一種三十年從來沒有感受過的酸麻感在心口漫開。

那甚至可能稱不上一個吻，就只是唇瓣和唇瓣輕輕擦過，等他恍然回神時，程逸辰已經拉開兩人之間的距離，表情帶著少許的尷尬與羞赧。

「我……」程逸辰停頓了幾秒，後知後覺地反應過來自己的行為有多冒犯，但畢竟都做了，也只能硬著頭皮把話說清楚，「我也很難說明具體是從什麼時候開始的，等意識到對你不只是愧疚那麼簡單而已時，已經晚了，我……煞不住。」

白錦一直看著他，什麼話也沒說，原先那點錯愕的表情也很快散去。他平靜地看著程逸辰，好像在等他繼續說下去。

程逸辰嚥了口唾液，又深吸了口氣，才又接著開口：「抱歉，我知道這樣可能很唐突，但是我……那個，如果你……」

白錦輕聲替支吾著說不出完整一句話的程逸辰，接下後面的話。

「我不排斥。」

程逸辰微微一愣，「你說……什麼？」

程逸辰右手依舊覆在白錦的左手上，白錦動了動手指，將小拇指抽出來，壓在程逸辰的拇指指背上。

白錦沒有再開口，只是略顯生疏地仿著程逸辰不久前做的那樣，仰頭將帶著可樂味的嘴唇，貼上對方因為錯愕而半張的唇瓣。他貼得甚至比程逸辰剛剛還要來得實，能感受到彼此相觸的唇肉細微的顫動，和冷熱不一的嘴唇溫度。

直到身後有些遠的地方忽地傳來一陣大笑聲，兩人這才猝然分開。程逸辰心跳得極快，他張望四周，確定沒有人走過來以後才又轉回去看向白錦。

兩人安靜地相視片刻，白錦率先輕笑了一下，和他說：「我不排斥你靠近，也覺得待在你身邊很舒服相處很自在。但我沒有談過戀愛，這麼多年也從來沒對誰有過那方面的想法，不太確定能不能成為你理想中的對象，如果你不介意，我可以試試。」

一直以來白錦對任何事情都看得很淡，一如很早之前和程逸辰說過的，對他而言人生就這麼幾十年，再濃烈深重的感情也終歸一別，沒有什麼意義。

回想這麼多年來，白錦情感外露得最明顯的一次，大概還是二十歲那年，小時候把他撿回家養的婆婆過世那時候。但也僅僅是心口有點悶堵，感受到一點難過，他有紅了眼眶，但一滴眼淚都沒有掉下來。

以前最常聽旁人用來形容自己的詞莫過於——冷血動物、毫無感情、沒血沒淚等等，把他說得像是個沒有感情的冰冷機器。

這些評價白錦統統不置可否，直到多年後的現在，他發現在程逸辰身邊的自己好像更像個有情緒的「人」。會高興會遺憾，也會有期盼，他還從這些情緒當中捕捉到微乎其微的心動，都是從來沒有經歷過的。

程逸辰原本想白錦可能會推開他，或是就算不生氣，也會冷淡地問他在幹什麼。就是怎麼都沒想到，白錦會主動提出願意試試。

「不介意。」等心跳稍微平緩了一點，程逸辰收攏包著白錦手背的指頭，把他握得更緊，誠懇而認真地和他說：「我怎麼可能介意。」

那是第一個程逸辰正大光明抱著白錦入睡的夜晚。

寬敞的帳篷裡，柔軟的墊子上，程逸辰一手曲著墊在腦袋下，另一手摟在白錦的腰上。他怕白錦還需要時間適應，不敢摟得太緊，掌心只虛貼著他的後腰。

白錦倒是好像很輕易就適應了新的身分，毫無顧忌地鑽進程逸辰懷裡，沒幾分鐘就睡著了。雖然平常一起睡的時候，白錦睡到半夜也經常會滾進他懷中，但到底和今晚這種直接抱著睡的感覺還是有挺大的落差。

帳篷外的蟲鳴聲與帳篷內的均勻呼吸聲重疊在一起，程逸辰低眸看著白錦的睡臉許久，而後長出了口氣，也跟著緩緩閉上眼睛。

隔天一行人玩到將近傍晚才先後離開，幾個還不累的約著下山後一起去附近吃個飯。程逸辰和白錦沒打算跟，他們兩個最後走，準備下山的時候太陽已經快西沉了。

去程和回程時的心境截然不同，程逸辰有一陣子沒談戀愛了，一直忍不住頻頻看向身旁的白錦。直到第二次經過通往下山路段的告示牌時，程逸辰這才注意到似乎哪裡不太對勁。

下山的路雖然不只一條，也有點彎繞，但其實不算太複雜，按理說沿著告示牌往下開應該十五分鐘內就能開到山腳。程逸辰放慢車速，吞了一口唾液，問身旁的人：「這條路我們剛剛是不是走過了？」

白錦往車窗外看了一會，點頭說：「好像是。」

程逸辰又繼續往前開，這次他開得相當專心，沒有再分神偷看旁邊的白錦。這條道路很窄，兩旁高聳的樹上枝葉又密，明明還有少許餘暉，卻像是被隔絕在重重樹影之外透不進來。

在程逸辰第三次看到那塊一模一樣的告示牌時，他再也壓不住心裡的恐懼，微顫著聲問白錦：「那個……通常遇到鬼擋牆的時候……該怎麼辦啊？」

「可能要先找出是誰在擋，你先靠邊停車。」白錦看向窗外，從他的視角望出去，周圍不曉得什麼時候聚起了一團團灰黑色的邪氣，並且正一點一點朝他們靠近。

白錦皺眉，反手拍了拍程逸辰的大腿，「放鬆一點。你越害怕，那些不好的東西會聚集得越快，全部圍上來的話，我們今晚就真的不用回去了。」

「我、我倒是想，問題是控制不住啊……」程逸辰照著白錦的話把車停到路邊，握在方向盤上的掌心滿是冷汗。

「不然你想點開心的事。」

「開心的事開心的事開心的事……」

白錦聽著他破碎的呢喃，不太懂往日裡成熟理性的程逸辰，為什麼一碰上稍微不科學一點的事就會失去冷靜，不過他也不介意這種反差就是了。

他解開安全帶，側轉過身面向駕駛座上的人，「程逸辰，看我。」

程逸辰還在想有什麼開心的事，但無論怎麼想，思緒都會被帶偏到才剛跟白錦在一起的第一天，兩個人可能就要迷失在這片山林間再也出不去的恐懼之中。

「程逸辰。」白錦加重語氣又喚了一聲他的名字，伸手捧住他的臉使力扳向自己，「看我。我在，你不用怕。」

白錦的手是涼的，程逸辰的臉也是涼的，兩個人的皮膚碰在一起，分不清誰的溫度更低一點。程逸辰的目光聚焦在白錦淡然的臉上，喉結不自覺滾動，正打算說點什麼，那張不帶表情的臉猝然放大。

所有混合驚懼害怕的話語凝在喉頭，被白錦堵上來的嘴唇和氣息，統統推回喉嚨裡去。

第10章

Sleepless Nights Before Exorcism

白錦成功用一記淺淡的親吻，就將程逸辰安撫下來。退開來後他摸摸自己的嘴唇，沒想到這招還滿管用的。

見程逸辰冷靜下來了，他反手搭上把手準備打開車門，程逸辰見狀連忙出聲叫他：「你要幹嘛？」

「嗯？」白錦動作一頓，回頭和程逸辰說：「我下去繞一圈看看狀況。」

白錦語罷便打開車門，但還沒跨下車就被程逸辰一把握住手腕，「等、等一下，我跟你一起下去。」

「你不是怕嗎？」白錦半條腿跨在外面，蹙著眉問他：「怕就在車上待著，門窗關好，不會有東西跑進來。」

「不行。」程逸辰深吸一口氣，鬆開原本抓著白錦的手，也打開駕駛座的車門，嘴上一邊說著「不能讓你自己一個人」，一邊也跨了下車。

白錦見他堅持，自然也就由著他了。

程逸辰和白錦牽著手走進樹林間，只是完全沒有剛談戀愛的情侶該有的那種曖昧氛圍。程逸辰怕死了，一路只敢低著頭看著自己的腳，和白錦相握的那手手心滿是冷汗。

樹林裡更是透不進一點光，白錦舉著打開手電筒的手機照向前路，腳步像是有明確目的地一樣邁得很穩，只是時不時要注意身旁程逸辰的狀況，怕一時不察那人可能會軟腳摔到地上。

白錦一路走到陰氣最重的地方，只有他看得見的團團黑霧之中立著一道虛影，是個身著白衣的女鬼，黑色長髮凌亂纏結，身上滿是髒汙。

程逸辰跟著白錦停下腳步，他感覺到迎面吹來的涼風帶著一股有點怪異的臭味，除此之外只看得見晃動的樹影，聽得見枝葉摩擦的沙沙聲響。

「你……看到是誰在擋我們了嗎？」

「噓——」白錦示意他噤聲，程逸辰便馬上抿起唇不敢再發問。

白錦看著面前的「東西」，對方緩慢抬起手，發黑的手指指向他的左側。白錦順著方向將手電筒的光照過去，卻什麼也沒有看到。

他於是邁開腳步，沒想到才走了不過幾步，左腳就驀地踩空。白錦發出一聲短促的驚呼，怕程逸辰被自己帶得也摔倒，下意識就要鬆開兩人牽在一起的手，程逸辰卻反應很快地用力拉了他一下。

然而程逸辰自己也沒踩穩，腳下一滑，頃刻之間只來得及把白錦帶向懷裡，掌心護著他的腦袋，兩個人同時摔進一個坑裡。

「嘶——痛……」在摔下去前最後一刻程逸辰半翻過身，自己墊在下面當肉盾。在短暫的眩暈感過去後，他感覺後背壓到什麼略有硬度的東西。

大概是比較粗的樹枝吧。程逸辰猜想。他單手摟在白錦腰上，另一手撐在旁邊的泥土地上準備起身，壓在他身上的白錦卻突然低聲說了句：「你慢慢起來，不要往後看。」

程逸辰本來還不太明白白錦為什麼叫他不要往後看，等他們從坑裡爬出來，程逸辰還是習慣性地往剛剛摔進去的坑裡瞥了一眼。

下一秒，就著白錦手上來不及移開的光源，程逸辰看見令他畢生難忘的一幕——一具腐爛的屍體以極其扭曲的姿勢，就躺在他剛躺過的位置。

難怪白錦叫他不要看！一想到方才壓著的根本不是什麼樹枝，而是一具屍體，程逸辰瞬間從脊骨麻到腦門，兩手手臂都起了一大片雞皮疙瘩。

「都叫你不要回頭了。」白錦嘆了口氣，重新牽起程逸辰的手，並將手電筒功能關掉。在確認這裡能夠收得到信號後，便直接報了警。

葉誌文怎麼也沒想到，自己休假跑來找朋友喝個茶的功夫，也能在地方派出所碰到自己那個免費兒子。

「你怎麼在這？」葉誌文放下茶杯，錯愕地看著滿身髒汙泥濘的白錦。

白錦顯然也沒料到會在這裡碰到葉誌文，愣了一下還沒開口，帶他們回來的員警就替他們解釋：「他們在附近山區發現一具女屍，先跟我們回來做筆錄。」

葉誌文抓抓頭，看看白錦又看看他身旁另一個較高的陌生男子。那人身上同樣沾滿了汙泥，明顯就是和白錦一起的。

他沒有問那人是誰，只問：「你們沒事跑到山裡幹嘛？」

本以為白錦會說工作，畢竟葉誌文也知道他的工作性質，隨便走走就發現什麼屍體也不意外。想不到白錦卻淡淡地給了個讓他備感震驚的回答，「約會。」

這下不只葉誌文愣住了，就連本來尚在驚惶中回不了神的程逸辰，在聽到身旁白錦理所當然地說出這兩個字時，也不由得朝他看去。

「嗯？」見程逸辰臉色奇怪，白錦發出短促的一聲疑問音節，「不是嗎？」

「呃是、是。」

在葉誌文還在消化白錦的約會對象是個男人時，那兩個人已經先被帶進去做筆錄了。身旁友人見他盯著那兩人離開的方向愣神的模樣，便問：「那兩位是……？」

「一個是我兒子，另一個嘛……」葉誌文收回目光，擰著眉思忖措辭，隔了會才說：「大概是我未來的兒婿吧。」

「兒婿？」

「驚訝什麼？」葉誌文白了對方一眼，「現在同性戀都能結婚了，怎麼就不是我兒婿？」

說罷也不等對方回應，自言自語一般地呢喃：「男的……男的也行啦，有個人陪就好啦。」

白錦和程逸辰是那具屍體的第一時間發現者，有些例行的流程還是必須走。白錦不是第一次因為這種事到警局了，對於這些流程還算熟悉，承辦員警問什麼就回什麼，應答如流。程逸辰甚至沒講兩句話，整個筆錄就結束了。

員警見他們身上髒兮兮的，還很好心地借給他們乾淨的衣服換。有乾淨的衣服穿，程逸辰毫不猶豫地就把身上那件脫了扔進垃圾桶裡，碰過屍體的衣服他一點也不想帶回家。

等他們出來的時候葉誌文還在，只是原本和他聊天的朋友先離開了。他向白錦招了招手示意他們過去坐，白錦依言上前，程逸辰自然緊跟其後。

葉誌文替他們一人倒了一杯茶，推到他們面前，然後上下打量了下初次見面的程逸辰，也不曉得是不是還算滿意地點了點頭。程逸辰被他看得有些不知所措，推到面前的茶杯接不是、不接也不是，只能先開口問：「您是……？」

葉誌文反問：「白錦沒和你說過嗎？」

「說過。」白錦捧起茶杯吹了兩口，出聲打斷：「老葉，我名義上的爸爸。」

程逸辰怎麼也不會想到，剛交往第一天就直接見了對方家長，一雙眼睛猛地瞪大，好半天才回過神來結結巴巴地打招呼：「啊，伯、伯父好！我姓程，程逸辰，禾字旁的程、安逸的逸、星辰的辰。是白錦的國中同學，也是、呃……約、約會對象。」

白錦淺啜了口茶，淡淡道：「不用介紹這麼仔細。」

程逸辰有些尷尬地抓了抓頭，朝葉誌文傻傻一笑。

葉誌文抓著他們聊了一會，像尋常長輩對家裡小孩初次帶回來的對象做身家調查那般，簡單地問了幾個問題，之後好像很自然就接受了白錦正在約會和交往的對象是男人這件事。

後面話題不知怎麼就帶到了程逸辰剛和白錦重逢那會，白錦替他解決公司怪事的事情。

「啊對，說到這個。」葉誌文突然一拍大腿，拿過一直擱在旁邊的牛皮紙袋打開來，抽出裡頭的文件，「你之前要我幫忙查的東西有查到一點了，老蔡當年正好在那片轄區，今天就是過來找他拿資料的。」

「嗯。」白錦點了下頭，淡淡說：「查了四個多月。」

葉誌文用抽出來的幾頁紙拍在白錦腦袋上，罵道：「臭小子，你知不知道三十年前的資料有多難調！」

白錦沒有回話，抬手拿過那其實根本沒幾張的資料翻看。

和四個月前葉誌文回給他的資訊其實差不多，當年那場帶走一百多人性命的氣爆案確實很快就以意外結案，不過這次的資料多了個之前沒見過的名字。

「郭建良，當年和王興榮一起開了那間餐廳的合伙人。」葉誌文傾過身，用手指在紙面的名字畫了個圈。

「老蔡說當時也有懷疑過那個姓郭的，有共同好友出面指出，在意外發生之前曾多次聽他們兩個因為餐廳分潤的事情起爭執，吵得最凶的時候也互相說過要殺了對方。」

「然後就發生氣爆案件了？」程逸辰和白錦手臂貼著手臂，湊過去和他一起看。

葉誌文點頭，「嗯，氣爆案大概是再之後一個月左右發生的，有目擊證人稱郭建良當時也在現場並且行為鬼祟，但後來審問的時候對方矢口否認。」

「加上沒有關鍵證據，周圍又沒有監視器拍到當下的畫面。那可是三十年前啊，辦案條件遠沒有現在好，在證據全無的情況下只能用意外結案了。」

白錦將那幾張紙反覆翻看了幾次，目光最後落在「郭建良」這三個字上，他總感覺這個名字相當熟悉，但一時間又想不起來。他想了一下還是想不到，乾脆直接問：「這個人，後來在做什麼？」

葉誌文露出一種「我就知道你會問」的表情，伸手把白錦拿著的資料翻到最後一頁。

「餐廳氣爆案後，雖然沒有明確證據證明他和該案有關，但警方一直有在關注他後續的動向。後來大概又過了兩三年左右，他自己創辦了間私立育幼院，一直到現在都還在運作。」

「育幼院……啊。」白錦拿出手機，找到最近透過杜明松連絡的那名育幼院社工，點進去對方傳給他的育幼院網站連結，陽春的首頁就有一張院長照片，底下配著的名字正是郭建良。「是這個人嗎？」

葉誌文歪頭看了眼，「啊」了聲說：「對對對，就是他。怎麼了，你跟他有接觸？」

「暫時還沒有。」白錦說：「可能過一陣子吧，他們那裡的社工有連絡我，不過還沒排定時間過去一趟。」

「哦，那你自己注意一點。」葉誌文靠回椅背喝了口茶，悠悠道：「直覺告訴我，他不是什麼好東西。」

時間已經滿晚了，白錦把葉誌文查到的那些資料收好後，便拉著程逸辰準備要走。

「喂，等等。」葉誌文叫住他們，「下禮拜天掃墓，你別忘了。」

「沒忘。」白錦停下腳步，回頭看他。

葉誌文對他冷冰冰的樣子習以為常，聳聳肩改對程逸辰說：「小程有空的話也一起來啊，我媽要是知道小白有人陪了，一定很高興。」

驟然聽到有點陌生的稱呼，程逸辰有點遲疑地指著自己，「啊？我嗎？」

「再說吧。」沒等葉誌文回應，白錦便拉住程逸辰的手臂，朝對方抬抬下巴，「走了，你自己回去開夜路小心一點。」

回程是由白錦開車，他怕程逸辰還沒從今天發生的種種中緩過神來，開車恍神會更危險。

然而程逸辰的心緒早就轉去其他地方了。

除去國中同班那一年，從他入學前到轉學後，程逸辰對白錦的過去完全一無所知。

直到現在他們頻繁相處幾個月，甚至關係已經更進一步了，除了白錦的工作之外，程逸辰還是完全不了解他身邊有哪些親人朋友。

什麼叫做名義上的爸爸？那他的親生父母呢？掃墓又是掃誰的墓？誰知道白錦有人陪了會高興？

程逸辰腦袋轉了半天都沒有一點頭緒，想問又不知道該從何問起才不會顯得唐突冒犯。

「你想問什麼就直接問吧。」白錦明明專注目視前方，卻彷彿看穿程逸辰的心思，直白地和他說。

程逸辰還是猶豫了少時，才開口問：「你的家人……」

「雖然我已經記不太清我媽的樣子，但還記得小時候家裡一直只有我和我媽，我不曉得親生爸爸是誰，家裡也沒有其他親戚長輩。

「大概七八歲那年，我媽帶我出門的時候發生一場好像滿嚴重的車禍，具體過程其實我已經沒印象了，但聽其他大人說車子都被撞爛了。我媽和相撞的司機當場死亡，而我被我媽死死護在懷裡，只受點皮肉傷昏迷了幾天。」

程逸辰喉嚨一緊，猛地側過頭，白錦的側臉被外頭快速閃過的路燈映得明暗交錯。

還沒消化完前面的內容，程逸辰緊接著又聽他繼續敘述。

「我也是在那場車禍之後，才開始能看到另一個世界的東西。第一次看到是在我媽的告別式上，好像是一個……小女孩？有點忘了，只記得祂的眼睛突然從眼眶裡掉出來，然後伸手想抓我的眼睛，後來是婆婆——老葉他媽替我趕走的。

「她說我天眼開了，說要帶我重新適應這個世界，就把我帶回家，教會我很多和那些東西打交道的方式。我現在所有吃飯手藝全是靠婆婆教的，雖然有稍微改良一點就是了。

「小時候都是婆婆在帶我，老葉只是掛名的爸爸，我們平常其實很少接觸。後來我二十歲那年婆婆過世了，有幾年家裡只有我跟老葉，可能是因為工作性質關係，我幫他破過幾次懸案，他也幫我找過幾次資料，到現在關係還算可以吧。」

前頭是個長達九十多秒的紅燈，白錦緩緩踩下煞車，待車身停穩後，他轉過頭和程逸辰四目相望，「大概是這樣吧，其實也沒什麼特別的，還有什麼想問的嗎？」

白錦的語氣就像是在講別人的故事那般平淡，卻讓程逸辰消化了半天也沒能完全接受。

直到燈號秒數倒數十秒，程逸辰嚥了口唾液，在有些壓抑的夜色中開口：「下禮拜天掃墓，帶我一起去吧。」

第11章

Sleepless Nights Before Exorcism

他們運氣很好，隔週日是整週唯一的晴天。

葉誌文的母親安葬在北部郊區一座風水不錯的墓園裡，地點當初還是白錦挑的。除了交通路程比較遠之外，其他環境和管理方面一概沒什麼可挑剔之處。

他們和葉誌文約在下午一點，到入口時葉誌文已經到了，手上提著好幾個袋子。相較之下，他倆只有程逸辰手上捧著一束剛剛經過花店時堅持下車買的白百合，顯得有點寒酸。

本來程逸辰想多買點東西帶過來，卻被白錦阻止了。白錦說不需要，因為葉誌文會帶很多，真的想帶點什麼就買束花吧。

看葉誌文大包小包的，程逸辰有點不好意思，對方卻拍了下他的手臂爽朗一笑，「還買花啊？有心了有心了。」

「沒有沒有，沒準備什麼其他東西，不好意思。」

「哎，有什麼好不好意思的，那個臭小子每次來都空手，還是你想得周到。」邊說葉誌文還瞥了白錦一眼，白錦裝作沒看見，徑直往墓園裡走。

程逸辰隨著他們腳步穿梭在墓園裡，最終停在一座墓碑前。

墓碑上嵌著一張照片，是位面容和葉誌文有幾分神似的老太太，只是臉上的表情稍微有點嚴肅。程逸辰恭敬地把花束放到墓碑前，著手替葉誌文擺放他帶來的那一堆供品。

等東西都擺好了，葉誌文站直起身，雙手在胸前合十，和程逸辰說：「這裡不點香，直接拜就好。」

程逸辰應了一聲「好」，也和葉誌文一樣合十雙手，閉著眼微垂著脖子，雙唇張動，虔誠地向雖然看不見但初次見面的長輩介紹自己。

白錦原本正在環視他們周圍飄來飄去的一道道半透明虛影，耳邊突然傳來一陣低聲的呢喃。

「婆婆您好，我叫程逸辰，目前正在和白錦交往。我知道他小時候發生過很多事，也知道他曾經有段時間過得很不好，但我保證，往後的每一天我都一定會盡自己所能對他好，不會再讓他孤伶伶一個人。」

程逸辰語氣誠懇得令白錦不自覺聽得出神，儘管這些話婆婆永遠不可能聽到，仍有一股暖意順著程逸辰的一字一句，從白錦耳朵流進他的心口。

白錦回想自己小時候，要說過得不好其實也沒有真的多差。

他雖然從小沒有爸爸，相依為命的媽媽也在很小的時候就因為意外離世，但後來婆婆把他撿了回去，他也不算是沒有家。

白錦記得小時候剛開眼那會，走在路上經常被嚇到，婆婆不會安慰他，只會告訴他要習慣，有好幾次還讓年紀尚小的他自己嘗試和祂們溝通。

婆婆對白錦向來嚴厲，但也偶有溫柔得像個母親的時候。

比如國中他被欺負得最嚴重的那一次，婆婆其實有來學校替他討過公道。老人家扯著白錦往主任和師長中間一站，給他們看自家孩子手上的傷，冷著聲要他們給個說法。

雖然最後仍是以他轉學收場，但那是白錦第一次感受到有人站出來替他出聲。

讓白錦印象最深的，還是當時婆婆一邊替他換藥一邊和他說，人生本來就有顛簸有起落，但無論過程再崎嶇，幾十年後大家的終點都是一樣的。

不過都是到人間走一回，也就幾十年的路程，做好自己分內的事就好了。

「婆婆其實早就走了，她過世後不到一個月吧，就真的徹底離開了。每年來拜的這些供品，都會被旁邊的孤魂野鬼分掉。」

等到拜完以後，葉誌文讓他們先去旁邊涼亭坐著休息，他還有一些話想說。白錦便拉著程逸辰到一旁販賣部買了兩根冰棒，坐到涼亭裡邊吃邊等。

白錦咬著嘴裡清甜的碎冰，和他解釋：「你可以想像成人在死後會變成一顆綁著一串石頭的氣球，那些石頭是祂們生前的執念，執念越少、放得越快，也才能越早去投胎。」

「婆婆生前的執念一直都是老葉孤家寡人，擔心他老了之後無依無靠，但她知道我會留下來，我不會走，未來哪天老葉不行了也有我送他最後一程，所以婆婆的執念才能放得這麼快。」

程逸辰捏著冰棒棍，目光看向不遠處仍站在墓碑前的葉誌文，「這些你沒有告訴葉伯父嗎？」

「沒有，幹嘛要說呢。」白錦說：「婆婆是老葉唯一的親人，如果我告訴他婆婆早就真的不在了，他每年來拜的那些東西都被『其他人』分光，你覺得他會怎麼想？」

白錦順著程逸辰的目光也看過去，半晌輕聲開口：「人活著本來就需要一些精神寄託，這些事實沒必要讓他知道。」

晚上葉誌文約他們一起吃晚飯，就在附近一間西餐廳，順道分享上禮拜他們意外發現的那具屍體的後續情況。

「你們那天應該是去山上的營區玩吧？附近也只有那個風景區。」葉誌文切了塊牛排放進嘴裡嚼，邊有些含糊地說。

「你們發現的那具屍體是營區老闆娘的妹妹，平常和家人在南部生活，兩個多月前被通報失蹤。據老闆娘的說法，他們今年初回南部過年的時候和死者大吵一架，之後就再也沒連絡了，對方失蹤的事情有聽娘家人提過，只是沒想到就在離他們這麼近的地方。」

遺憾的是天人永隔，當初的爭執誤解再也沒有解開的機會。

「意外還是人為？」白錦切開自己那份鱈魚排，分了一半給身旁的程逸辰，換到一隻撥好殼的明蝦和大半塊鮭魚排。

「人為。雖然屍體嚴重腐敗，但法醫相驗後發現死者頸部有明顯外力勒緊的痕跡，推測是被活活勒斃後帶去山裡棄屍。目前鎖定最大的嫌疑人是死者男友，老闆娘有說死者去年底剛交了新男友，是個不學無術的小混混，慫恿死者騙家裡老人家的錢，老闆娘和死者也是因為這件事情才吵到撕破臉。」

「目前已經有通知死者男友到案說明了，不過現在卡在那男的不知去向，承辦人員還在追查，不過不在我們轄區，後續就讓他們自己去處理了。」

白錦應了一聲，既然葉誌文沒有請他幫忙，那後續自然也用不著他管了。

吃到快結束的時候白錦離席接了通電話，留下葉誌文和程逸辰兩個人。葉誌文讓服務生端走空的餐盤，擦了擦嘴向後靠著椅背，姿勢相當放鬆。

「你和小白相處得還好嗎？」

「嗯？」葉誌文突如其來的問題問得程逸辰一愣，隨後連忙回道：「我們很好，伯父您放心。」

「放心，我當然放心。」葉誌文哈哈一笑，半晌又輕出了口氣。

「唉，一開始我媽要用我的名義收養他我其實挺抗拒的，我那時候還不到三十歲，誰想平白無故就多個路邊撿來的兒子啊。也是緣分吧，後來我媽走了以後，身邊能稱得上是親人的也就剩下他了。雖然沒有血緣關係，但有一陣子我其實還挺慶幸當初有收養他，在最低潮的時候至少身邊還有個親人。」

葉誌文端起桌上的咖啡杯喝了一口，停了幾秒才又接著說：「那小子以前過得挺不好，到我們家之後生活還算過得去，不過一直都有點孤僻，總是自己一個人，從沒聽他提過身邊任何朋友，你是第一個。」

「我……」

「我不是說現在。」葉誌文看著程逸辰欲言又止的表情。

「你們以前是同學吧？我後來回去想起來了，你的名字很耳熟，是他小時候唯一提過的『朋友』。沒想到過了這麼多年，他唯一帶回來的朋友也是你，就像我說的，都是緣分，好好珍惜吧。他其實是個好孩子，對他好點。」

程逸辰不由得端正坐姿，正正經經地應道：「我會的。」

「在聊什麼？」白錦回來的時候看著葉誌文臉上端著笑容，和坐得端正的程逸辰，不禁好奇地抬眉問道。

葉誌文勾唇一笑，故意說：「聊你小時候剛到我們家緊張到尿床的糗事。」

「我才沒有。」白錦一秒反駁，他坐回程逸辰身旁，扭過頭看向他，認認真真地又說了一遍：「我沒有尿過床，別聽他亂說。」

執意反駁的白錦在程逸辰眼裡莫名有些可愛，令他忍不住在桌下悄悄牽起靠近自己的那隻手，然後說：「嗯，知道了。」

自從兩人開始交往後，白錦回自己家的頻率就更低了，大半時間他都待在程逸辰那裡，偶爾要拿點什麼東西才會回家一趟。

他們的關係說變確實是變了，但相處模式還是和先前沒有太大差別，只是稍微多了點比較親密的互動。

比如每個睡在一起的晚上，白錦都會很有自覺地鑽進程逸辰懷裡，讓他抱著睡。又比如每個程逸辰先清醒的早晨，他都會在白錦額間留下一記溫柔的早安吻。

他們會在街道上十指相扣，在夜晚相擁而眠，在獨處相視的時候交換一個淺淡的親吻。

但進度也就停滯於此，不提再更深入的，就連接吻時程逸辰甚至都沒伸過舌頭，每一次都是嘴唇輕輕貼著嘴唇，一下子就分離了，比學生時期談的第一場戀愛都還要純情。

只是到底都是年過三十的成年人，又都是男人，偶有幾個特別有精神的清晨，總會讓程逸辰局促地拉開和白錦貼得幾乎毫無縫隙的距離，並且慶幸那人總是睡得很沉，察覺不到他尷尬的生理反應。

但要說完全沒有一點想法那是不可能的，再怎麼說都是喜歡的人，加上白錦有時候不曉得是有意還是無心……應該是無心的吧，程逸辰想。

總之他有時候會做出一些引人遐想的舉動，讓程逸辰得要很努力才克制得住自己，比如現在。

「程逸辰，幫我拿毛巾，我忘記了。」

程逸辰原本正在書房處理工作，聞聲愣了一秒，連忙起身去拿毛巾給他。

原以為白錦會等他拿來，再拉開一條小縫伸手出來接，沒想到程逸辰拿著毛巾過去時，浴室門大大敞開，白錦渾身赤裸地站在門邊等他。

「啊、你……」程逸辰看著他錯愕了一下，旋即挪開目光，將手上的毛巾遞過去，「你怎麼不在裡面等啊？」

「又沒有關係。」白錦好像絲毫不在意被看光，一臉無所謂地接過毛巾，「謝謝。」

這還不算完，等白錦穿好衣服踏出來時，程逸辰才猛然驚覺對方身上穿著的是自己的睡衣，寬鬆的肩線往下滑，露出大半光滑白皙的肩頭。

偏偏白錦還抬起手，甩了甩過長的袖子，仰頭對程逸辰說：「拿錯了，拿成你的衣服了。」

他的眸底含著隱隱的笑意，程逸辰和他對視片刻，終究還是忍無可忍地用手蓋住他的眼睛，擋住過於單純的視線，咬牙道：「你故意的吧？」

白錦茫然，「什麼故意？」

程逸辰長嘆了口氣，輕輕推開白錦的腦袋，和他說：「沒什麼，去吹頭髮吧。」

白錦一臉莫名其妙地目送程逸辰離開房間，一直到吹完頭髮才好像明白了什麼。等程逸辰也上了床，白錦翻了個身趴到他身旁，側眸問：「程逸辰，你是不是想跟我上床？」

「你說什、咳咳咳咳——」白錦問得過於直白，讓程逸辰被口水嗆得連咳了好幾下，「你說什麼？」

「不是這個意思嗎？」白錦歪著頭，眼神流露出真切的疑惑。

程逸辰不曉得白錦的思路怎麼就歪到這裡來了，但他承認不是否認也不是，想了一想後索性伸手關燈，直接開大絕，「睡覺。」

黑暗中白錦的體溫沾了上來，和以往每個夜晚一樣，在程逸辰側過身時窩進他懷裡，腦袋在他的胸口蹭了一下，「小時候我常跟婆婆到各地的廟裡，認識一些師父，有聽過做那種事對修行有幫助，雖然我沒有做過就是了。」

程逸辰摟在白錦腰上的手一頓，沉默了幾秒後回道：「那是神棍騙人的說法吧？」

「嗯，婆婆也說那都是他們亂講的，叫我不要聽。」白錦閉上眼打了個呵欠，眼角分泌出的生理性淚水全擦在程逸辰衣服上，聲音也逐漸染上了一點睏意。

「如果你真的想的話，也不是不可以，只是我沒有經驗，可能沒辦法做得好。」

程逸辰深吸一口氣，用力在白錦後腰按了一下，沉聲說：「……睡覺。」

適逢年底，程逸辰公司有款籌備了將近兩年的遊戲要趕在元旦上市，全公司都在最後衝刺，程逸辰也忙到幾乎每天回家都還得熬夜加班。他熬夜白錦就也跟著一起熬，畢竟空蕩的房間他一個人總是睡得不踏實。

後來程逸辰乾脆在書房弄了張躺椅，白錦真的睏到不行就在書房睡，等程逸辰忙得告一段落之後再把人抱回房間。

程逸辰忙起來的這段期間，連帶也沒辦法每次都陪著白錦去工作。白錦倒是無所謂，以前很長一段時間他也都是一個人，有時候要去外地幾天程逸辰也跟不了，不可能因為程逸辰不能陪他就不工作了。

白錦和杜明松那位社工朋友，就約在程逸辰抽不開身的某個週三下午。那間私立育幼院在有點偏僻的郊外地區，雖然在同一個市裡，但從程逸辰家開過去也至少要將近一個小時的車程。

不過那裡環境還不錯，整座育幼院占地面積寬敞，二十多年來建築外觀依然保持得很新。

白錦跟著那名叫曹美貞的社工穿過偌大庭院，一路上碰到好幾組三兩成群的小孩子，看見他都有禮貌地叫一聲「哥哥好」。

已經是叔叔年紀的白錦沒有出言糾正，只是點點頭就當打過招呼。

曹美貞帶著白錦走進正中間那棟外觀漆成鵝黃色的建築，簡單和他介紹這裡是他們員工平常辦公的地方，院長室也在這棟的三樓。宿舍以及孩子們生活作息是在別棟樓，晚一點再帶他過去看看。

聽到「院長」兩個字，白錦腳步下意識頓了一下，在曹美貞打開會客室的門，回頭請他進去時才回過神來跟進門。

「事情是這樣的。」曹美貞替白錦泡了一壺茶，倒一杯給他後，坐下來開始說明他們這裡最近發生的怪事。

「為了方便管理，員工宿舍和孩子們住的地方是規劃在一起的。這陣子每天一到深夜，低齡的孩子們都會同時哭醒，一鬧就是一兩個小時才停，搞得每天半夜都很混亂，甚至影響到其他房間的孩子們也都睡不好。」

「同時哭醒？」

「嗯，真的是同時。」曹美貞點頭，「本來想說是不是一個哭，其他的才跟著一起哭，後來有次半夜差不多時間剛好去廁所，回來經過就進去看了一下。記得那時候大概是快要凌晨兩點，我進去沒有多久，孩子們就同時哭了起來。」

「就只是哭，沒有說什麼嗎？」白錦雙手包著發燙的馬克杯壁問道。

曹美貞表情頓時變得有些複雜，她眉心糾結成一團，踟躕良久才嘆了口氣，老實和白錦坦承，「的確是有。有幾個孩子後來和我們說，每天半夜都會有『人』從窗戶爬進來，站在床頭看他們，說是……幾個月前在這裡自殺的一個男孩回來了。」

白錦挑起眉，又接著問：「自殺？為什麼自殺？」

白錦的語氣一點也不重，甚至挺輕的，卻讓曹美貞感到一股莫名的壓迫感。

她吞了吞口水後，一五一十地將事情經過全都告訴白錦：「大概三四個月前吧，我們這裡有個十四歲的男孩子跳樓。宿舍一共七層樓，他從頂樓跳下去，當場就沒有生命跡象了。」

「原因？」

曹美貞搖搖頭，說具體情況她也不太清楚。

他們這裡收容的孩子多，因此社工和職員也不少，每個人分配到管理的孩童齡層各有不同。像曹美貞主要就是負責低齡層的孩子，和其他學齡的孩子雖然也有接觸，只是就沒有這麼了解。

「那件事是由院長出面處理，後來也只說可能是在學校被欺負，回來又不敢和其他人說，累積太多壓力才會一時想不開。」曹美貞說。

——又是院長。

白錦指尖在馬克杯上點了點，半晌才開口：「帶我去自殺的那個人生前住的房間看看。」

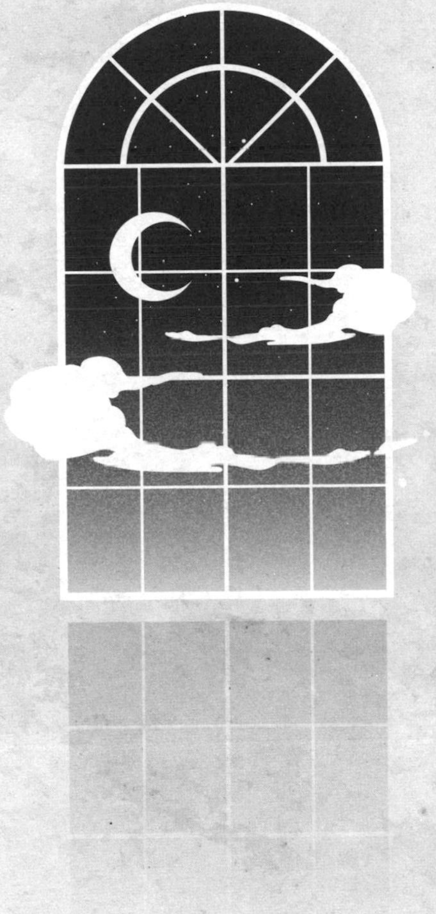

第12章

Sleepless Nights
Before
Exorcism

白錦回到程逸辰家的時候已經快九點了，傍晚和他說今天有應酬的那人還沒回來，整間屋子顯得空蕩蕩的，讓白錦一時間有點不太習慣。

他開了客廳的燈，把順路買回來的六吋蛋糕冰到冰箱裡。

倒也不是什麼特殊節日，只是回來路上突然想起，前兩天忙壞了的程逸辰喃喃著想吃甜的、想吃草莓蛋糕，回程剛好看到有間蛋糕店外面在排隊，他就跟著人群一起排，幸運地買到好像很有名的限量草莓蛋糕。

白錦想等程逸辰回來再和他一起吃，但不知道他幾點才會回來，又擔心打電話吵到他應酬，乾脆直接傳訊息給對方。

白錦沒有什麼製造驚喜的概念，直白地傳了剛剛拍的蛋糕盒照片過去，說自己買了個草莓蛋糕，老闆說最好盡早吃完，要程逸辰可以的話盡量早點回家。

他也不曉得程逸辰看不看得到訊息，傳完以後就先去洗澡了。

等程逸辰回到家已經是兩個小時後的事了，門鎖轉開的聲音傳來時，白錦正在排之後的工作行程。

今天在育幼院走一圈沒有特別發現什麼，也沒見到那位郭姓院長，於是便和曹美貞說之後找個晚一點的時間再來一趟，等他確認好別的工作時程再和她約。

目前看來最快應該禮拜六晚上可以再過去一趟，就是不知道程逸辰有沒有空，要不要跟他一起去。正好程逸辰回家了，他打算問問。

白錦於是起身走到玄關，還沒看到人就先聞到有點重的酒味。等程逸辰跨進玄關，看著那張通紅的臉，白錦才後知後覺地想到應酬好像通常都得喝酒。

「你這是喝了多少？」白錦接過程逸辰的公事包，隨手丟在鞋櫃上。

程逸辰對著他笑了一下，「沒有很多，我沒喝醉。」

程逸辰是真的沒有到喝醉，他的酒量還不錯，只是喝了酒容易臉紅。當看到已經洗過澡換好居家服的白錦，那種應酬到很晚很累，可一回家就有人上前迎接自己的感覺，還是讓程逸辰感到心口發脹。

他很快在玄關換好拖鞋，沒有馬上往裡走，而是藉著酒意摟住白錦的肩膀低下頭。

帶著酒氣的嘴唇壓了上來時，白錦睜著眼愣了一下。

和從前那些清淺的親吻相比，程逸辰這次明顯帶著一絲侵略性，在他發愣的同時，那條柔軟的舌頭已經頂開他閉得不緊的唇瓣探了進來。

「唔嗯……」白錦眉心輕輕蹙起，但沒有推開他，只是稍有些生疏地迎合著他舌尖的勾纏。

一陣奇異的酥麻感從胸口處散開，雖然之前親密一點的時候也不是沒有過這種感覺，但還是第一次這種酥麻感不受控制地一路蔓延向下，白錦只覺得自己的下腹熱熱又脹脹的。

他還沒有意識到那是什麼時，程逸辰已經鬆開他的唇，偏過頭去親他的耳朵、側頰、下巴。帶著熱度和溼意的嘴唇最終貼上白錦的頸側，隔著薄薄肌膚感受底下鼓譟的脈動。

「好癢。」白錦在程逸辰舔上他脖子使力而繃起的那條筋時，終於還是忍不住推了一下他的腰，仰頭想躲，一邊說：「好了，你不想吃蛋糕嗎？」

程逸辰聽到「蛋糕」兩個字的時候動作明顯停了一下，他咬了一口白錦的脖子，不輕不重，只在上頭留下一個淺淺的，過一下子就會消掉的齒痕，悶聲問他：「……你為什麼買蛋糕？」

「不是你自己說想吃的嗎？」白錦覺得程逸辰一定是喝醉了，畢竟醉了的人都會說自己沒醉。

「我想吃你就買啊？那家很難排吧，還只開晚上。我以前排過一次，那次排了快一個小時。你呢？今天排了多久？天氣還這麼冷……」

「……差不多吧，也不算很久。」程逸辰灼熱的吐息掃在白錦頸側，讓他起了一手臂雞皮疙瘩，有點受不了地又問一次：「你到底要不要吃？」

程逸辰沒有回話，只是一個勁地貼著他的脖子，反覆問著同樣的問題：「你為什麼對我這麼好啊？」

白錦深知跟喝醉的人是沒辦法溝通的，儘管程逸辰不承認自己有喝醉。

「我們現在不是在交往嗎？」

他輕拍著程逸辰的後腰，一邊心想蛋糕還是明天等他清醒再吃好了，一邊用著姑且算是哄人的語氣和他說：「我今天看那間店很多都是男生幫女朋友排隊，剛好想到你前兩天說想吃，就想幫你也排一個，雖然你不是女朋友。」

更何況平常明明是程逸辰對他更好一點，自己甚至都不用說想吃什麼，早就摸透他口味和喜好的程逸辰，自動就會替他準備好他喜歡的東西。

論貼心和細心，自己這點程度根本遠遠比不上對方。

「不吃的話就先回房間休息吧，明天早上再吃也可以。」白錦抱著程逸辰的腰，想移動腳步，那傢伙卻將全身重量壓在他的身上，讓他寸步難行，「你先起來一下。」

「不想起來，想抱抱你。」程逸辰把臉埋進白錦肩窩，鼻翼輕輕翕動，貪婪地汲取白錦身上的氣息，「我真的好喜歡你啊，白錦。」

程逸辰這一聲帶著少許鼻音的喜歡，讓白錦明確地感覺到心臟緊縮了一下，那種痠麻感更鮮明了。

與此同時他也察覺到一團異常的灼熱緊貼著自己下腹，他吞了口口水，不太確定地問他：「你是不是想做？」

「不想。」程逸辰的否認一秒傳進白錦耳膜，隔了一會悶弱的嗓音又傳了上來，「我不想勉強你。」

「為什麼會是勉強我？」白錦皺眉不解，「我是沒有經驗，可是程逸辰，你是不是忘記我也是個人？」

白錦偏過頭，嘴唇貼在程逸辰的耳殼，低聲說：「雖然我擁有的情緒可能不多，但本質上還是個普通人，會上廁所、會肚子餓、會想睡覺，當然也會有欲望。」

程逸辰的鼻息變得很沉，他過了幾秒才抬起頭來，那張臉好像比幾分鐘前剛進門時還要更紅了一點。

他低眸深深凝望著白錦的眼睛，試圖在那雙總平靜得毫無波瀾的瞳眸之中，覺察出一點他所說的欲望。然而只看了短短幾秒，分明什麼都還沒看出來，他就又忍不住再一次垂首堵住那雙薄唇。

自此兩道交錯不一的心跳聲再也不受控制，他們一邊纏吻，一邊腳步踉蹌地往主臥室的方向移動。

不過幾分鐘的時間，白錦就被放倒在熟悉的雙人床上，程逸辰暫時放開他的嘴唇，立在床邊褪去厚重的西裝外套，又扯掉領帶，解開襯衫最上頭的三顆釦子。

程逸辰雙膝壓到床墊上，俯下身雙手撐在白錦臉頰兩側。看著白錦眼眸半瞇，胸膛起伏得厲害，像是還沒從方才的深吻中緩過神來的樣子，程逸辰低下頭，鼻尖頂著他的鼻尖，用勉強維持的最後一分理智問：「真的可以嗎？」

白錦喉結來回滾動，沒有開口回答，而是一把扯住程逸辰敞開的襯衫領口，下巴一抬，用行動給出了自己的回答。

白錦寬鬆的睡衣衣襬被推到胸上，一顆腦袋埋在他胸前，淺褐色的乳粒被一雙溼軟的嘴唇包住，靈巧的舌頭抵著乳尖撥弄碾磨，把一邊玩得充血發腫之後，又向另一邊發起進攻。

那是一種很奇異的感覺，對白錦而言很新鮮，除了麻癢以外好像還有一點別的什麼，順著程逸辰舔過的地方匯流向下，堆聚在自己不自覺繃緊的腰腹處。

程逸辰的嘴唇很熱，連帶著被碰觸到的地方都掀起陣陣燒灼感。白錦有點難受，又覺得那種感覺和一般的難受不太一樣，他說不上來，最終也只是皺著眉發出兩聲難耐的哼聲。

在把白錦兩邊乳頭都吮得挺立後，程逸辰又在他左胸口白皙的皮膚上吸咬出一個小小的吻痕，而後嘴唇向下游移，吻過他的肋骨、平坦的腰腹，舌尖在凹陷的肚臍周圍轉了一圈後，咬住他的褲腰，口手並用地將白錦的睡褲連同更底下的黑色四角褲，一併褪到他的膝窩處。

白錦本來膚色就偏白，體毛也稀疏，就連胯間已然勃立的性器色澤都是淺淡的肉色，沒怎麼使用過的樣子。

嚴格來說程逸辰不是第一次見到白錦這麼私密的地方，早在之前替對方拿毛巾時，他就已經毫不避諱地把這傢伙從頭到腳都看光了，但直接上手去碰就真的是實實在在的第一次了。

程逸辰掌心包住白錦的陰莖，從莖柱根部往上撫至頂端，略帶薄繭的拇指指腹繞著圓潤的龜頭打了圈轉，稍微往上一提就拉出一道細長的銀絲。

白錦和程逸辰說自己也是個有欲望的普通人，實際上這麼多年來他連手淫的次數都少之又少，更是從來沒有感受過這種強烈的刺激。尤其當程逸辰忽然低頭張嘴，一口含住他整個前端時，白錦猛地呼吸一滯，雙臀用力繃緊，一隻手忍不住伸下去推程逸辰的腦袋。

「等一下、嗯……」

白錦的嗓音罕見地失去往日裡的冷靜，染上了少許不知所措。

他天真的以為，做愛就只是普通的插入抽出直到兩人雙雙射精為止，沒想到還有這麼多令他難以喘息的花招。程逸辰的口腔很熱、舌頭靈活，白錦被他含著又吮又舔，感覺整個人都快化了。

一向冷靜的腦子一片渾沌，眉間糾結出好幾道摺痕，不一會他就緊緊蜷起腳趾，腦海中的渾沌轉為空白只在短短一瞬間，甚至是在看到程逸辰鼓著雙頰抬起頭，嘴角邊還沾著一絲白濁時，白錦才意識到自己已經高潮了。

程逸辰面不改色地嚥下嘴裡的濁液，又用手背抹了把嘴，隨後下床漱了個口，又打開鏡櫃，從瓶瓶罐罐的雜物後頭，摸出一管潤滑液和一盒保險套。

東西都是新買的，在白錦答應和他試試之後沒多久就買了，封膜都還完完整整。他表面上正人君子，但面對喜歡的人時不可能一點想法和欲念都沒有，他只是擅於用理性包裝自己。

左手拇指壓著保險套盒的硬角，程逸辰將鏡櫃關好，看著鏡子裡面色潮紅的自己，深深吸了一口氣。

等程逸辰從浴室出來時，發現白錦已經自主將身上的衣物脫了個精光，光溜溜地躺在床上等他。

程逸辰目光灼灼地盯著床上的人看了少時，隨即將自己身上皺得不成樣的襯衫也脫了，隨手丟在一旁。

他重新欺身壓上白錦，剛漱過口還殘留冰涼溼意的嘴唇貼上對方的，唇瓣貼著摩挲，同時單手轉開潤滑液的蓋子，擠了些在手指上，又握起拳用掌溫稍微摀熱一點，才用溼滑的手指摸進白錦的股間，找到閉合的穴口輕輕在周圍按揉。

程逸辰知道白錦沒有經驗，因此動作一直盡可能地放得很輕很溫柔，揉了許久才緩慢地試探性伸入一截指節，一邊往裡一邊問白錦：「還可以嗎？會不會痛？」

異物侵入體內的感覺有點奇怪，但還不至於讓白錦感覺到痛，於是他搖搖頭，貼著程逸辰的嘴唇實話說：「有點……怪，但不會痛。」

既然白錦說不痛，程逸辰也就放心繼續了。從最開始的一根手指，慢慢加進第二根、第三根，手指擠壓著窄緊的腸壁，在壓到某一處時，白錦整個人忽然緊縮一下，一雙眼睛睜得大大的，像是不知道發生了什麼。

「呃嗯——那裡、有點奇怪……」白錦犬齒尖刮過程逸辰的唇肉，喉間發出一聲短促的低吟。

剛才那瞬間像是被電了一下的感覺讓他嚇了一跳，偏偏程逸辰一秒看出那種反應代表什麼。程逸辰再一次溫柔包住白錦的雙唇，舌尖探入白錦的嘴裡讓他含咬，底下卻毫不留情地直往讓他反應劇烈的那處摩擦碾壓。

「唔嗯、嗯嗯哼——」

白錦的呻吟隨著驟然加劇的快感而拔高好幾分，生理性淚液也在不知不覺中盈滿眼眶，從泛紅的眼角滑進腦袋下枕著的枕頭裡，一下子就被吸收。

早前才射過一次的性器，很快又在程逸辰的攻勢下重新抬起了頭，肉紅色的一根立在腿間，溼漉漉地往下流著清液。

程逸辰沒有用手指讓白錦再射一次，在確定那處足夠柔軟容納得下自己後，他就抽出手指，把沾在指頭上的黏滑液體抹在白錦發顫的腿根，而後跪直起身，伸手解開還繫在褲子上的皮帶。

黑色西裝褲中間早被頂起一塊明顯的隆起，頂得最高的那處甚至隱隱泛著少許溼意。程逸辰略有些急切地解開褲頭往下拉，放出比白錦大了些許的勃脹性器。

可能因為緊張，程逸辰拆保險套的動作顯得手忙腳亂，像個未經人事的毛頭小子，好不容易才拆了一個出來。他撕開鋁膜包裝，捏著頂端的凸起，顫著指尖將自己完全包進乳膠薄膜之中。

一切都準備就緒了，只差最後一步。程逸辰扶著自己，埋進白錦溼滑的臀縫間來回磨弄，這次他沒有再問白錦可不可以，只一邊看著他帶了點迷茫的眼眸，一邊將自己緩慢而堅定地推進他的體內。

層層軟肉立刻纏絞上來，裹緊他硬挺的陽具。程逸辰在白錦體內嘗到難以抑制的快感，白錦卻被比手指還要粗硬不少的東西弄得有些吃痛。他沒有直接喊疼，只是吸吐間氣息變得有些紊亂。

程逸辰在進到一半的時候察覺到白錦的不對勁，眉心皺得比先前還要緊，沁在額角的汗也比剛才還要細密。

「是不是很痛？」程逸辰停了下來，伸手抹掉白錦額間的汗珠，才注意到白錦額間的溫度比他的手還要涼上幾分，「很痛我先出去？」

說罷他便抬起腰想往後抽離，白錦卻一把環住他的脖子，腰往下一頂，又將程逸辰吃進去了少許一截。

「也沒有……也沒有那麼痛……」

說是這麼說，可白錦蒼白的臉色實在讓人無法相信。

程逸辰沉沉地出了口氣，試圖想將自己抽出來一點，白錦卻忽然曲起雙腿用膝蓋夾住程逸辰的腰，內裡同時使勁縮夾。突如其來的緊緻感讓程逸辰倒吸了口氣，抽出來不是繼續也不是。

程逸辰拿他沒轍，只能更慢更輕地往裡深入，並騰出一手去摸白錦半疲軟下來的陰莖，一下包著套弄，一下又揉著更底下的囊袋，盡可能地轉移他的注意。

好不容易完完整整地將自己送進最裡頭，程逸辰停了半天不敢動，一下下啄吻白錦的臉頰、鼻尖和嘴唇。直到身下那人難耐地啞聲叫他動一下，程逸辰才注意到手中握著的那根東西，不知何時又再度精神勃勃地直立起來。

程逸辰試著往外拔出一點，旋即又插了回去，龜冠一次次來回擠開腸壁，不多時原本窒礙的甬道變得滑潤，插入抽出的過程也更容易了些。

「啊、哈啊……嗯……」

起初的鈍痛感隨著時間推移減緩了大半，更多的是一種難以言喻的酥麻快意在下腹堆積，白錦攀著程逸辰的脖頸，半張開的唇瓣壓不住喉間破碎的呻吟，他沒想過自己還能發出這樣的聲音，又黏又膩，聽了都耳根發熱。

早些時候程逸辰用手指摸索到的敏感點，馬上又被那根燙熱的陰莖找到，龜頭抵著那處反覆研磨，攪弄得初嘗情事的白錦很快又一次繳械投降。

高潮時內壁痙攣，絞得程逸辰雙眉皺緊，吐息逐漸急促而粗沉。在幾個深深的撞擊後，他將自己拔了出來，一把摘掉溼膩膩的套子，握著脹得發紫的柱身擼動數十來下，緊接著隨著一聲悶哼，一股接著一股腥濃的精液盡數噴灑在白錦被撞得通紅的股間。

程逸辰喘著氣，一邊射精一邊看向還在失神的白錦，那張白皙、少有表情的臉上，多了明顯的紅暈。他吸了吸鼻子，鼻息間滿是情欲的味道，舔了舔唇俯身貼上白錦的雙唇，親吻中帶著繾綣濃重的情意。

第13章

Sleepless Nights Before Exorcism

「嘶……」

隔天一早醒來，白錦先是感到一陣頭暈目眩，緊隨而來的是一股酸脹和悶痛感，一路從尾椎蔓延到臀縫間腫脹的穴口，讓他剛爬起一點身又馬上倒回床上，全身痠軟動也不想動。

剛泡完咖啡準備好早餐，打算喊白錦出來先吃一點的程逸辰，一進房間就看見白錦倒回床上的這一幕，緊張得連忙上前把人扶起來，問道：「你沒事吧？是不是不舒服？」

白錦靠在程逸辰懷裡吸了吸鼻子，又點點頭，咕噥道：「頭暈、腰痠，屁股也好痛。婆婆果然是對的，那些師父都在騙人，做這種事不折壽就算不錯了，怎麼可能對修行有幫助。」

程逸辰表情略有那麼點尷尬，乾笑著替白錦揉了揉腰。

昨天第一次只是個起頭，後來幾乎廝混了大半個夜晚。一盒保險套有幾個他們總共就做了幾次，到最後白錦甚至射不出一點東西，腰腿發軟地求饒著說真的不能再做了，程逸辰才終於停下。

白錦知道醉酒的男人其實勃起不了，程逸辰用一整個晚上親身向他證明自己真的沒有醉。

「對不起，昨天晚上沒控制好自己，後面有點失控了。」程逸辰有些自責地親了親白錦的額角，「晚點藥局開了我去幫你買個藥膏回來擦，先起來吃點東西？」

白錦勉強點頭，回他：「好吧。」

今天早餐就是昨天白錦帶回來的蛋糕，程逸辰在白錦的椅子上鋪了軟墊讓他坐著比較舒服，又切了很大一塊給他。

白錦嘴上說著「這是買給你的」，還是忍不住用叉子切了一口往嘴裡送。當季新鮮草莓裹著甜而不膩的鮮奶油，配上鬆軟的蛋糕體和酸酸甜甜的水果夾餡，也沒有因為放了隔夜就變質，怪不得能成為排隊名店。

白錦這麼想著的同時，問坐在對面的程逸辰：「好吃嗎？」

程逸辰含著叉子「唔」了一聲說好吃，又說：「是你買的，好吃程度又加倍了。」

白錦扯開嘴角淡淡地笑了一下，「那下次再買給你。」

「下次我們一起去買。」

平日早晨他們大多都是這樣，一起簡單地吃個早餐，聊個幾句日常瑣事，時間差不多程逸辰就出門上班，白錦沒有工作安排就回去抱著沾有程逸辰味道的被子，想辦法繼續睡個回籠覺，或是趁人不在時做點簡單的家務，幫他收拾一下家裡。

早餐吃完後，白錦本來打算把盤子收進廚房，卻被程逸辰擋下，叫他乖乖坐好不要亂動，自己把空盤和杯子拿進去洗。

在一片淅瀝瀝的水聲中，白錦撐著臉頰看著廚房裡洗碗那人的背影，問他：「對了，你這禮拜六還要加班嗎？」

「應該是不用，主要工作其實忙得差不多了，等上架之後可以休息一小段時間。」程逸辰說罷回過頭問：「怎麼了？禮拜六有什麼事嗎？」

「我禮拜六晚上可能要再去一趟育幼院，我覺得那裡有點奇怪，但可能上次去的時間太早了，沒有什麼特別的發現。你如果禮拜六有空的話，要跟我一起去嗎？」

「育幼院是上次葉伯父說，和氣爆案有關的那個人創立的那間嗎？」程逸辰將洗碗海綿上的泡泡沖洗乾淨，而後關上水，抽了張紙巾邊擦手邊走回餐桌前，「那個姓郭的院長？」

白錦提了一下唇角，故意說：「準確一點來說，是你前男友介紹的工作。」

程逸辰一噎，險些沒被口水嗆到。

面前這傢伙身上滿是自己昨晚弄出來的痕跡，卻在理應最情濃的隔日早晨提到他的前男友，也不知道是有意還是無心的。

「啊我……」程逸辰局促地抓了下頭髮。

和有過幾次戀愛經驗的程逸辰相比，白錦就是張剛沾了點墨的白紙，程逸辰甚至不曉得白錦那句「你前男友」四個字裡，夾雜的少許醋意是不是只是自己的錯覺。

「不管你介不介意，以後我都會盡量避免和杜明松單獨接觸。」程逸辰放下手，「只是可能工作上交集在所難免，但我發誓，我對每一段感情都很認真而且忠誠，再說我也不是一個會吃回頭草的人，你可以放心。」

白錦看程逸辰認真解釋的模樣，一邊覺得好笑一邊又有股暖意流進胸腔。他向程逸辰招招手，在對方走到跟前時雙手拉住他的衣服往下扯，仰頭在嘴角邊親了一下。

「也沒有那麼介意。」白錦只輕輕地印了一吻，很快就鬆手退開，淡笑道：「不過以後還是別幫他顧貓吧，感覺那隻貓好像不太喜歡我。」

程逸辰愣了幾秒，旋即一手按在白錦蓬軟的髮頂上，貼著他的嘴唇摩挲幾下，含糊低喃：「不會的。」

大概九點多的時候程逸辰出去一趟，到附近的藥局買了管藥膏，沒一會就回來了。可能是因為昨晚該做的不該做的統統都做過了，白錦毫不扭捏，在程逸辰拎著袋子進屋後，主動就脫了褲子趴到枕頭上，等人過來親自替他上藥。

兩團圓潤的臀瓣上還留有昨天撞出來的紅痕，隨著動作撩起的衣襬下方，也露出腰間一道道昨晚被程逸辰掐出的指印。

程逸辰右手手指沾著乳白色軟膏，左手掰開白錦軟彈的臀肉，底下的穴口又紅又腫，看得程逸辰直皺眉。

「忍耐一下喔。」程逸辰指尖在白錦穴口處滑動幾下，而後緩緩將沾有藥膏的手指擠了進去。

帶著溼滑涼意的乳狀膏體，很快就在白錦高熱的體內完全化了開來。程逸辰手指雖然埋在白錦股間，卻不存半分旖旎心思，規規矩矩地將藥膏均勻抹在每一寸腫脹的內裡，然後就將手指抽了出來。

程逸辰抽了張面紙擦乾淨手，又把白錦的褲子拉上，把人翻向正面，「好了。」

「你要去公司了嗎？」白錦腦袋歪在枕頭上，問他。

「今天不去了。」程逸辰坐在床邊幫他拉好被子，又伸手撥開他落在額間的碎髮，低頭吻了吻他的額頭，「在家陪你。」

兩個人關係才剛有更進一步的發展，程逸辰怎麼可能把白錦一個人丟在家裡。他一早就傳了訊息給戴蘇，說自己今天不進公司，有什麼急件先寄到他的信箱，晚點在家會優先處理。

程逸辰去書房拿了平板過來，坐到床上邊工作邊陪白錦。

白錦不是特別睏，只不過全身痠軟的感覺還是讓他整個人懶洋洋的，躺在枕頭上一動也不想動。他挪著身子靠到程逸辰身側，看了幾眼螢幕上那些看不懂的專業術語，忍不住半瞇起眼打了個呵欠。

「睏了就再睡一下？」程逸辰騰手抹掉白錦溢出眼角的生理性淚水，和他說：

「中午再叫你起來吃飯，嗯？」

「沒有想睡，只是不想動。」白錦咕噥了聲，「剛剛還沒講完，所以你禮拜六要跟我一起去嗎？」

「當然。」程逸辰指背停在白錦軟軟的臉頰上蹭了蹭，「禮拜六我載你去。」

白錦應了聲「嗯」，又說：「跟我連絡的社工說，他們院長去外地參加什麼研習，剛好禮拜六會回來，到時候我們應該就能見到那位傳聞中的院長了。」

禮拜六晚上，程逸辰載著白錦再一次造訪育幼院，這次依舊是曹美貞出來接待。程逸辰本來還在想要怎麼介紹自己，說是白錦的朋友？還是乾脆大方一點直接說是男朋友？沒等他想好，白錦就早一步開口，說程逸辰是自己的交往對象。

曹美貞愣了一下，倒是很快就接受白顧問的交往對象是男人，還把男朋友帶來工作這件事。

幾個人沒有寒暄幾句，不一會曹美貞就接到一通電話，講不過一分鐘匆匆掛斷後，便把兩人帶到辦公樓三樓的院長室外頭，說院長也想和他們聊聊，就先行離開了。

白錦和程逸辰很快被請進院長室，也終於一睹傳聞中院長的模樣——是個年紀大約落在六十出頭，體態稍有些豐腴的中年男人。

郭建良一見到他們，立刻笑盈盈地請他們到沙發上坐，又端來兩杯熱茶，隨即落坐在另一側的單人沙發上。

院長室比想像中還要寬敞，除了辦公用的電腦桌外，還放了好幾個很高的書櫃，裡面放滿各種文件檔案，還有不少獎牌和感謝狀。

一旁還有放了L型沙發的招待區，正對沙發的牆面上還掛著很大一幅畫，從明顯稚嫩的筆觸和畫風看來，應該是院裡孩子畫的。

「白顧問前幾天來的時候，我人剛好在外地，沒能親自招待，真是不好意思。」郭建良率先釋出善意，隨後又問：「美貞那天帶你看了哪些地方？」

程逸辰不知道是不是錯覺，還是因為葉誌文先前的提點，給了他先入為主的偏見，總覺得郭建良的笑容讓人不太舒服，問的問題彷彿也別有深意。

可白錦卻像是沒有察覺，平淡地回答道：「只去了自殺那位同學生前住的房間，和他跳樓的地方，不過沒有什麼特別發現。」

郭建良瞬間鬆一口氣的反應，沒有逃過白錦的眼睛。

郭建良稍微和他們提了一下自殺那男孩的背景。

男孩名叫莊旻昱，父母在他小五升小六那年暑假販毒被抓，沒有其他親戚願意接收他，後來輾轉被送來他們機構。他是個很內向的男孩子，平常不愛說話，可能也是因為這樣，導致後來在學校被人欺負。

「說欺負其實也不太準確，就是在學校沒有什麼朋友、沒有人願意跟他玩。加上他的學習狀況不太好，一直跟不上同齡孩子的進度，可能種種壓力之下才導致最終想不開。」郭建良嘆了口氣。

「我們也沒想到小昱會趁著大家熟睡的時候偷跑到頂樓，平常往頂樓的鐵門都會上鎖，也是為了避免孩子們跑到上面玩鬧會有危險，偏偏就是那一天打掃阿姨忘記鎖上，才……唉。」

「是嗎。」白錦目光直勾勾地盯著郭建良，淡聲問：「除了上次曹小姐有提到，孩子們會半夜沒來由集體哭醒以外，還有什麼別的奇怪的事嗎？」

郭建良摸了摸下巴想了一下，「嗯……還有像是孩子們反應玩具房的玩偶會自己動，或是晚上沒有人的音樂教室裡傳出鋼琴聲之類的，弄得不只孩子們，連幾個大人都膽戰心驚。」

「應該還有別的吧。」白錦看著郭建良，語氣平淡卻很肯定，「比如說晚上休息的時候，你是不是經常覺得呼吸不過來？還時不時會聞到瓦斯或燒焦味？想找卻都找不到源頭？」

這下不只郭建良，連程逸辰都有些意外地回過頭看他，白錦卻只是聳了聳肩。其他人看不到，但他可是從一進門，就瞧見那個趴在郭建良背上的猙獰熟面孔，焦黑的兩手緊緊掐在郭建良脖子上。

全然沒有察覺到異樣的郭建良只覺得白錦太神了，竟然能夠完全說中他身上最近碰到的怪事，對白錦的稱呼也頓時從「白顧問」改口成「大師」。

郭建良本來滿心期待這位大師能夠一口氣替他處理好這些事，可白錦一開口，直接就報了二十萬的天價，他的笑容頓時僵凝在臉上。

「不是，那個大師……」郭建良尷尬地抓抓頭，「我們做這種機構的，大部分都是靠好心人捐助的善款營運，你這樣一口氣就要二十萬，我真的……有點困難。大師你看這個價格……能不能再降一點？」

白錦面無表情地與他對視，一句話也沒有說。

他們僵持了片刻，郭建良才又開口：「老實跟你們說吧，之前我們也請別的師父來處理過，做了三天法會，最後包兩萬塊紅包給對方。」

言下之意就是他們的預算只有兩萬，再多就沒有了。

白錦並不買這個帳，直言點明：「你那兩萬塊花得有用的話，就不會找上我了。」

「這……」

「我也不會強買強賣，等你們想好了再跟我說。」

白錦拉著程逸辰站起身，最後對郭建良說：「我只提醒你一句，跟著你的東西挺凶的，再拖下去別說我了，請十個再厲害的師父圍著你作法可能都請不走，你自己想想吧。」

說罷他和程逸辰就要走，手才剛碰上門把，身後的男人便突然喚住他們：「等等——」

「你怎麼知道他會同意花這二十萬？」程逸辰看著手上白錦隨手塞給他，剛才郭建良當場簽下的支票，還是覺得有點不可思議。

和郭建良談完以後，兩個人暫時先回到車上，打算等半夜時間差不多了，再跟社工一起去孩子們的宿舍看看。

「他其實有錢，只是不想拿出來。」白錦說。

「你可能沒注意到，他手上的錶市價大概快五十萬，還有放在桌上的車鑰匙，那個牌子的進口車隨便一輛起碼都百萬起跳。身上從領帶到襯衫、皮帶和鞋子，每樣都是精品，你說一個靠善款經營育幼院的人，哪裡來這麼多錢？這錢可能不太乾淨，過兩天把支票拿給老葉，看看能不能查到什麼。」

程逸辰沒想到白錦注意得這麼細，自己全程只覺得正對沙發的那幅畫有點奇怪。

「嗯？畫怎麼了？」白錦問他。

程逸辰回想剛才看到的那幅畫，一大片藍天白雲底下畫著各種不同的動物，大概有十種以上，可能因為是小朋友繪製，每隻動物的比例都有點奇怪，比如和斑馬一樣大的兔子、和長頸鹿脖子一樣長的山羊。

「正中間那匹馬，和其他動物的豆豆眼比起來，眼睛好像特別大。」程逸辰托著下巴沉吟了片刻，「不過也可能是故意這樣畫吧，我不確定。」

「我倒是沒留意到那裡。」白錦邊把椅背往後調邊說：「之後有機會再進去看看吧，那個姓郭的確實有問題，剛剛沒有機會告訴你，我在他身上看到了個熟面孔。」

程逸辰緊張地嚥了口唾液，問：「……什麼熟面孔？」

白錦脫下身上的黑色長版羽絨外套，反穿在身上，躺在椅背上調整了個舒服的姿勢，偏頭對程逸辰挑了一下嘴角，「你也認識啊，之前在你們公司怎麼樣都不肯去投胎的，那個餐廳老闆。」

「……」程逸辰縮了一下肩膀，吶吶道：「怪不得你剛才會那樣說。」

「那傢伙怨氣比之前又更重了，說實話我也不確定渡不渡得了祂。但可以確定的是，再拖下去恐怕只有把姓郭的弄死了，祂才能放下執念甘願投胎。」白錦打了個呵欠，歪著腦袋閉上眼睛，聲音越來越小，「我瞇一下，一點半再叫我。」

程逸辰伸手將車內暖氣的溫度調高，低聲道：「嗯，你睡吧。」

第14章

Sleepless Nights Before Exorcism

凌晨一點五十八分，睡眼惺忪的白錦和程逸辰，跟著曹美貞輕手輕腳進到202號寢。儘管夜色昏暗，還是能依稀看清房內的擺設。

寢室很寬敞，左右兩側一共四個上下鋪，八個孩子一間房。每個上下鋪旁邊是書桌，靠牆另一側是四個衣櫃，兩兩共用一個。

沒等他們把房內細節看完，前頭正對著的兩扇窗戶窗簾忽然大幅度飄動。而幾乎是同一時間，床上八個孩子同時醒了過來，緊接著八道高低不一的哭聲同時傳入他們耳畔。

在曹美貞忙著安撫床上的孩子們時，白錦專注地目視著窗戶，壓低嗓音說：「來了。」

程逸辰幾乎是一秒就抓緊白錦的手臂，尾音控制不住地發抖，「什、什什什麼來了？那個自殺死掉的男孩嗎？」

「嗯。」白錦低應了一聲，眼神鎖定在從窗外「爬」進來的那道身影。

由於生前是跳樓身亡，白錦看到的男孩頭骨凹陷、右眼碎爛、膝肘變形，模樣慘不忍睹。

除了跳樓造成的明顯痕跡以外，白錦注意到對方身上還有一些似乎不是墜樓所產生的傷痕。脖子和手腕上有呈現深紫色的不尋常勒痕，還全身溼漉漉像泡過水一樣。

……溼漉漉？

「你……」白錦覺得奇怪，跳樓自殺的人身上怎麼會溼成這個樣子，但才剛往前跨一步，那孩子就像受到驚嚇一樣，在一片哭聲中以一種詭異的姿勢，向後鑽出窗外。

「怎、怎麼了？」程逸辰抓在白錦手臂上的手指收攏，問道。

「有點不對勁。」白錦思忖片刻，轉頭問還在哄孩子們的曹美貞：「你們這裡有沒有水池之類的地方？」

「啊？有的，但要稍等我一下。」曹美貞暫時無暇顧及兩人，只能先請他們等一等。

好不容易把孩子們重新哄睡以後，曹美貞長出了口氣，帶著他們走到外面。低齡層的孩子不只一間寢室，原本空蕩蕩的走廊聚集同樣出來哄孩子的社工們，幾個人面面相覷，各自回到休息的地方。

「每天晚上都是這樣子，根本沒辦法好好休息。」曹美貞嘆了口氣，領著他們走到電梯口。

「他們確實是被某些東西驚醒，不過依我判斷，對方應該沒有惡意。」

白錦回想方才看到的孩子，身上確實沒有像纏著郭建良的那位，散發出那麼鮮明強烈的怨氣，反而更像是回來「看看」。只是可能死狀比較慘烈，加上年紀小的孩子又比較容易感應到，才會天天半夜把他們嚇哭嚇醒。

就是不曉得祂是要來看什麼。還是想來確認什麼嗎？

凌晨兩點四十分，整座育幼院才終於又恢復平靜。

曹美貞帶著他們穿過建築走到後院，那裡似乎平日疏於打理，和前院相比雜草叢生，昏暗的月色下還能看到一些散落的垃圾。

後院不小，中間的確有個用大塊磚石圍起來的池塘，月光映照的水面上隨風蕩出粼粼波光。

「以前是院長夫人負責打理，本來池塘裡還有養幾條鯉魚，不過去年夫人去世之後那些魚沒人照顧就死光了。這裡平常不太有人出入，我們都是有空的時候才會過來整理一下。」曹美貞彎身撿起一張碎紙片，有些不好意思。

冷風吹動著草尖晃顫，白錦往前邁了幾步，沒一會就在叢生的草堆中，看到不久前才在宿舍樓見過的身影。

男孩身體蜷縮，用只剩下一隻完整的眼睛對著白錦眨啊眨，好像很怕他的樣子。

「你不用怕。」白錦躬下腰，雙手撐在膝蓋上，矮身與祂平視，輕聲道：「我只是想知道發生什麼事，讓你的靈魂一直留在這裡。我看得見你、感應得到你，我可以幫你。」

從曹美貞和程逸辰的角度看去，只看得見白錦躬著身在和空氣說話，一下子點頭，一下子又搖頭，畫面格外詭異。

儘管這不是第一次看白錦與靈界的東西溝通了，程逸辰每次都還是會打從心底覺得這畫面實在令人背脊發涼。

「你們平常相處……他也都是這樣嗎？突然對著空氣說話……」曹美貞對程逸辰發出靈魂拷問，「這樣是不是每天都，呃……很刺激？」

程逸辰故作鎮定地回道：「也沒有，他只有工作的時候才這樣。」

沒多久白錦就往回走，看到程逸辰稍有些僵硬的臉色，知道他大概是又被嚇到了，便主動伸手過去牽住他。冰涼的指頭一根一根卡進他的指縫之中，毫不避諱地當著曹美貞的面和他十指相扣。

「我撨（協調）好了。明天，哦不，應該是今天了，傍晚我們會再過來一趟。」

白錦拇指指腹摩挲著程逸辰發涼的虎口，看著曹美貞說：「到時候就不勞煩妳陪了，我們會自己過來，但要請妳幫忙留意一下，在這之前不要讓任何人到這裡。」

曹美貞點頭：「啊、啊，好的。」

「今天辛苦妳了，先回去休息吧。我們也要走了。」

白錦拉了拉和程逸辰牽在一起的手，朝著他說：「回去睡覺。」

冬天太陽落得很早，傍晚五點半左右，天空幾乎就只剩下一點微光。

這已經是白錦來的第三趟了，可以算是相當熟門熟路，他和程逸辰這次直接進了後院，也不需要人接待。

白錦把背包放到一旁地上，從裡頭翻出一本邊角斑駁的經書交給程逸辰。來的路上白錦已經和程逸辰講好了，今天會需要他幫忙，也不是什麼很困難的事，就是站在白錦身後幫他念經文，念完一遍作法還沒結束就從頭再念一遍。

「我真的可以嗎？」程逸辰翻了翻那本分明都是看得懂的中文，但組在一起就不知道是什麼意思的天書，心裡還是有點忐忑，「如果念錯怎麼辦……」

「你不會的，慢慢念就好，不用很快。」白錦邊說邊往前走了幾步，最後站定在水池邊，面對著始終滯留於此的男孩。

白錦將左手袖子捲起到上臂，咬破右手中指，用鮮血在手臂上快速畫滿了一串程逸辰看不懂的咒文。

整個咒文一路延伸到前臂、手腕，甚至是手背，畫到後面血有點不太夠用，白錦勉強擠出最後一點，在掌心畫了個圈，中間點了一個點，而後包攏起手掌。

「你聽好了程逸辰。」白錦喚了一聲站在斜後方的人，沒有回頭，只是在呼嘯的冷冽風中輕聲和他說。

「接下來我要和祂連通，你的聲音是鋪在我腳下的路。等等除非我真的暈倒，否則不管你看到什麼或聽到什麼，都不能停下來，也不能過來碰我，等結束了我會再告訴你。」

白錦語氣難得嚴肅，程逸辰吞了口唾液，皺著眉問他：「你、你現在是要做很危險的事嗎？」

「不算危險。」白錦朝面前半透明的男孩伸出左手，掌心向上攤開，「但如果連通到一半你停下來，我腳下的路斷掉，意識可能會卡在兩界之間回不來。」

聽白錦這麼說，程逸辰捏著經書的手指攏得更緊，心跳也更快更緊張了，「我、我……」

「沒事，我都不怕了，我相信你。」白錦舔了一下乾澀的唇角，抬抬下巴示意面前的男孩。

男孩盯著白錦滿是血漬的手，遲疑著也伸出自己半透明的右手，放到白錦掌心上。

「以血為介，兩通陰陽。」

隨著白錦的話音落下，一陣冷風捲過他們周身。

程逸辰發顫的指尖捏著經書虛化的邊緣，張開嘴，遵照白錦的指示按著上頭的白底黑字，一個字接著一個字連貫地念出口。

可能是肩負著責任，真正開始念起經時，程逸辰心緒反倒比較平靜了一點。儘管他毫無經驗，也不曉得這麼做是不是真的有用，仍專注而認真地為身前的人鋪墊好與靈界相通的路。

再睜眼時白錦的視野矮了許多，他和那位男孩——莊旻昱共享視角，從他的角度去看他生前最後那段時光發生了什麼事。

首先映入眼簾的，是白錦也進去過，莊旻昱生前住過的寢室。只是白錦去的時候什麼都沒有發現，男孩的床、書桌、衣櫃都被收拾得乾乾淨淨，一點雜物都沒有留下，好像這個人從來不曾在這裡生活過一樣。

白錦的視角跟著莊旻昱一同來書桌前，在他準備坐下之際，身後的椅子忽然被人一把抽走，莊旻昱反應不及，一屁股跌坐在地上。

所幸他們連通的只有視覺和聽覺，痛感並不相通，白錦像是在看畫面驟然大幅度晃動的影片，耳邊旋即爆開一陣哄笑。

『看他跌得狗吃屎的樣子，真好笑！』

『毒販的小孩不配坐椅子，你就蹲著寫作業吧！』

『快把他的椅子丟掉啦！毒販小孩坐過的椅子肯定也有毒！』

一聲聲嗓音稚嫩的譏諷戲弄，恍惚間讓白錦想起當年，自己也曾經受過類似的對待。

只不過莊旻昱受到的欺辱，比他當年經歷過的那些還要更嚴重。

同寢的其他人不僅不讓他好好坐在椅子上寫作業，甚至在社工老師每天晚上巡完房後，就強硬地把他的枕頭和被子丟到床下，不讓他睡在床上，等後半夜趁著其他人都睡著了，才能悄悄爬回去。

不是沒有大人發現幾個孩子之間的異常，莊旻昱也嘗試和負責管理他們的社工提過這些事情。換來的除了對方敷衍以待外，在被發現跑去找人告狀後，帶頭欺負他的那人更是變本加厲。

剪爛他的制服，讓他只能穿便服去學校被老師罵；一起吃飯的時候往他的碗裡加料，有時候是辣椒，有時候甚至是死掉的小蟲，讓他每次吃飯都被社工老師罵不可以挑食，被逼著一定要好好吃完餐盤裡的食物。

正因為也曾經歷過類似的欺凌，白錦看著這一幕幕畫面時，心裡更是有所感觸。

一陣白幕閃過，眼前的畫面很快又有了變化，白錦看到的是自己所在的地方，那座後院的水池前。

『這樣真的好嗎？手腳都被綁住，他會不會溺死啊？』

『不會啦，這個池塘水這麼淺，頂多就是喝幾口髒水。誰教他敢去跟老師告狀，我這是讓他長點記性，以後看他還敢不敢。』

『萬一他之後又跟老師告狀呢？』

『他敢？就算敢老師也不會管啦，上次老師不也只是口頭上念我們幾句而已嗎？之後還不是懶得理他。毒販的兒子長大以後也一樣不過是社會敗類，沒有人會想幫他啦！快點快點，快點動手啦，我還要回去洗澡。』

『知道啦！』

隨著幾聲嬉鬧，白錦先是感覺到一陣掙動，下一秒，他的視線就隨著被推入池中的男孩一起沉入水底。

耳旁忽然變得一片寂靜，喧鬧聲彷彿全被隔絕在水面之外，許久無人打理的池水混濁，漂浮著各種細小雜質。

明明除了視覺聽覺以外他們其他感官並不相連，沉入水中的那一瞬間白錦還是下意識跟著屏住呼吸，強烈的窒息感不一會就令他腦袋發昏發脹。

池塘水的確不算深，他們這個年紀的孩子站在裡頭頂多沒過脖子。但莊旻昱是正面朝下被推入水池之中，手腳還都被粗糙的童軍繩捆著，身體找不到支點，別說站起身了，連要翻到正面都相當困難。

窒息感與恐懼感讓莊旻昱在水下不斷撲騰掙扎，濺起的水花噴落在那幾個將他推入水中的孩子們腳邊，被他們奚落著嫌髒。

白錦不曉得莊旻昱實際被沉在水下多久，只知道被水浸透的每一秒鐘都顯得格外漫長。混亂間他好不容易扯鬆雙腕間沒有綁死的繩索，急切地扶著池壁讓腦袋探出水面，貪婪地大口大口換著氣。

『呿，這就爬起來了，真掃興。』

『你繩子綁得也太鬆了吧！這才多久？本來還想說至少可以淹他個五分鐘。』

『五分鐘就真的會鬧出人命吧哈哈，算啦，他應該也得到教訓了。走啦走啦回去洗澡，這裡臭死了。』

『喂，這次只是先給你一點教訓，要是敢告訴別人，下次就真的弄死你。』

帶著顯見惡意的威脅聲漸遠，畫面很快有了轉換，這次視角停在三樓院長室門口。莊旻昱還在踟躕著要不要敲門，門板內就先傳來郭建良的聲音。

『哎那件事啊，早就過法律追溯期了。再說他們當年找不到證據，現在都過三十年了，你覺得還有可能找得到什麼有利的證據嗎？

『老實說我也沒做什麼啊，只不過稍微動了一下瓦斯開關，開火的還不是他們，歸根究柢會氣爆還不是自己沒有檢查好，關我什麼事。

『餐廳沒了就沒了啊，那又怎麼樣。本來王興榮給的分潤就有問題，餐廳炸了我還能領到保險金，有不少錢呢。

『先不說了，外面好像有人在敲門。』

郭建良的聲音驟然停下，緊接著面前的門板被人從裡頭拉開。白錦視線上揚，看到一臉意外的郭建良，聽見他說：『哦，是小昱啊？怎麼了，先進來說。』

院長室和他們昨天才進去過的相同，擺設幾乎沒有任何變化。院長把人帶到他們昨天坐過的沙發上，白錦想起程逸辰提到的那幅畫，可惜所能看見的只有莊旻昱分享的視角，那幅畫在莊旻昱的記憶中一片模糊。

『告訴院長爸爸，發生什麼事了？嗯？』

莊旻昱小聲支吾地說著這段時間被集體霸凌，還有不久前被他們推入水池差點溺死的事。

就在白錦剛想著郭建良未免坐得有點太近了，下一秒視線忽然落入一片黑暗。等意識到是郭建良過分親密地把莊旻昱擁入懷中時，男孩已經開始掙扎了，邊抵抗邊低喊『不要』，說『不可以這樣』。

郭建良卻把手臂收得更緊，親著莊旻昱的耳朵說：『沒事的，我這是在安慰你，我們都是一家人。低年級的弟弟妹妹們受委屈了，院長爸爸也都是這麼安撫他們的，大家都一樣。』

一股難以形容的作嘔感湧上白錦胃部，尤其當郭建良一隻手正欲從莊旻昱的短褲褲管摸進他大腿時，白錦險些難以忍受地直接切斷連通。

幸好在郭建良做出更過分的事之前，莊旻昱成功掙脫對方的桎梏，踉蹌地跑出院長室。

這下連白錦也完全能感受到莊旻昱生前的絕望。

生下他的父母犯法入獄，尚未長大的他被丟進育幼院受盡同儕欺負，沒有師長願意出手幫他。本以為求助於院長能夠有所改善，沒想到最後一線希望也這麼硬生生斷了。

緊接著眼前突然一片模糊，白錦只聽見耳旁有道女聲說了句『唉呀，忘記院長把頂樓鑰匙借走了。算了，今天先不鎖門了吧』，而後畫面一轉，他已經跟著莊旻昱站在頂樓天臺上。

白錦的視角已經和對方拉開了，莊旻昱小小的身影站在圍牆上，身形又變回墜樓後破破爛爛的樣子。他歪著腦袋，一顆黢黑的眼珠子轉了一圈。

白錦看見莊旻昱沾血的嘴唇張動，空洞而稚嫩的嗓音帶著濃濃的不解，問道：

「……我到底做錯了什麼呢？」

白錦驟然蹲下。

身後的程逸辰見狀往前跨了一步，又猛然想起白錦不久前的警告，一條腿就這麼騰在空中，念誦經文的嗓音甚至都變了調，怎麼聽怎麼奇怪。

白錦蹲伏在地將近一分鐘才慢慢睜開眼睛，維持著原先姿勢，啞著聲對程逸辰說：「程逸辰，好了，你不用再念了。」

程逸辰登時闔上經書快步走過去，蹲跪到白錦身旁扶著他的肩膀，「還好嗎？你沒事吧？」

白錦臉色發白，額邊沁著薄薄一層冷汗，在程逸辰伸手扶他的時候，一把握住他的手臂。手指攏得相當緊，就像扒住一塊救命浮木般地抓著他。

「莊旻昱每天晚上跑到孩子們的宿舍是有原因的，祂應該是在確認他們的安全。」白錦目光看向又蹲回角落的那道身影，低聲說：「除了本來就猜到的以外，郭建良還有猥褻未成年的嫌疑。」

在程逸辰驚愕的神情中，白錦簡單地和他說明了剛才透過和莊旻昱連通看到聽到的一切。他著重在講述和郭建良有關的內容，程逸辰的重點卻放在莊旻昱和白錦的童年有著類似遭遇。

白錦自然留意到了程逸辰的情緒轉折，但這次他沒有直接要程逸辰別想了，沒有要他別在意，只是在把該講的講完了以後，抬起頭問他：「程逸辰，那個時候你有想過救我嗎？」

程逸辰立刻點頭，又接了一句道歉，「對不起，我知道現在說什麼都太晚了，但我那時候真的有、唔——」

程逸辰的歉意被白錦傾身堵回喉嚨裡。

片刻過後，白錦放開程逸辰的嘴唇，慢吞吞地縮進他懷裡，額頭抵上他的胸口，低低地說了一聲：「那我比較幸運。」

第15章

Sleepless Nights Before Exorcism

接下來的半個月裡，白錦和程逸辰兩個人頻繁走訪育幼院，試圖想蒐集一些相關證據。

可惜育幼院的位置不在葉誌文他們分局的轄區範圍內，能提供的幫助很有限。上次那張支票交給他們以後，大半個月過去了，也沒查到什麼有用的東西。

加上郭建良防備心重，好像已經對他們起了疑竇。後面幾次去明顯能感覺到對方的不耐煩，儘管接待時臉上仍掛著笑，那笑意卻始終不達眼底。

「老大，你們今天晚上也要去育幼院嗎？」

這天臨下班前，戴蘇敲開程逸辰辦公室的門，對著裡頭的兩個人問道。

雖然不太清楚具體是去做什麼，但公司的人都知道，白錦和程逸辰最近晚上經常會去郊外一間育幼院。在得到肯定的答案後，戴蘇搬了兩大個裝滿衣服、日用品、零食和一些小玩具的箱子進來，隨即又拿出個兩萬塊的紅包給程逸辰。

「這也太多東西了吧？紅包還這麼大包，妳是發財了嗎？」

「紅包是我們幾個集資包的，不是快過年了嗎？就準備了一點心意，想讓小朋友們可以過個好年。」戴蘇笑著朝兩個人眨眨眼睛，「等老大以後你和白顧問結婚，紅包我們也會按這個規格包的！」

程逸辰瞬間漲紅了臉，剛想叫戴蘇不要亂講話，坐在沙發上的白錦卻點著頭，沒什麼表情地替他回道：「那就先謝謝了。」

開車去育幼院的路程上程逸辰頻頻走神，一直在想白錦剛剛回話的意思到底只是隨口應付，還是真的有想過和他走到以後。

他們這才在一起多久，但如果白錦真的有想到這麼遠的以後，自己是不是也應該拿出誠意，對他好一點、再更好一點。

「——程逸辰，剛剛那條路要左轉。」

就在程逸辰還在分神亂想之際，身旁的白錦忽然淡淡地說了一句，他這才發現自己開過頭了，得再往前開幾百公尺才能迴轉。

程逸辰有些尷尬地道歉，白錦只是聳了聳肩，沒問他分心在想什麼，只說反正也沒有特別約時間，慢慢開就好。

育幼院接收捐贈物有一定的處理程序，他們花了點時間，和工作人員對點物資和點收紅包，也確實有拿到收據。

只是不曉得為什麼，程逸辰總覺得工作人員拿到紅包時，表情似乎有點微妙，但一時又說不上來是哪裡奇怪，只能暫時先擱置。

他們以怨靈的執念過重，沒有辦法短時間處理完為由多次進出育幼院，和這裡的幾個社工與孩子們都熟識了些。

從他們的交談中得知，院長今天外出應該不會回來，白錦餘光瞥了眼縮在一旁的莊旻昱的身影，便扯扯程逸辰的手，湊到他耳邊小聲說：「今天可以行動了。」

程逸辰乾嚥了一口氣，低低應了一聲「嗯」。

經過白錦幾次和莊旻昱的溝通，以及對方的指引下，兩個人大概摸清楚這座育幼院的結構，知道後門在哪裡、怎麼走才能避開一路上的監視器，這陣子一直就在等郭建良不在的時機。

今天正是時候。他們找了個藉口先行離開，實際是回到車上等夜深了，才又偷偷摸摸地趁黑夜翻牆進去。

每一次來都是光明正大走正門進來的，第一次幹這種偷偷摸摸的事，程逸辰緊張得要命，緊緊跟在白錦身後，每一步都踩得很輕，就怕發出一點會引起別人注意的聲響。

凌晨將近一點，整棟辦公樓靜悄悄的，除了樓梯間緊急照明燈以外，再無其他光亮。

一路避著所有監視設備，上到三樓來到熟悉的院長室前，程逸辰眼見白錦動作俐落地從門旁邊的意見箱後面摸出一把備用鑰匙，不用想也知道是誰告訴他鑰匙在那裡的。

他們順利潛入一片漆黑的院長室，反手輕關上門後，白錦做的第一件事就是拿著開了手電筒的手機，往上次被程逸辰直言指出有點奇怪的那幅畫上照。果然在正中間偏下一點的地方，照出了個不尋常的反光點。

「針孔攝影機？」程逸辰用氣音問他。

白錦馬上就挪開光源，很輕的應了一聲。

一個人出於什麼心態，才會在辦公室裡裝針孔攝影機，還正對著沙發，他們兩個心裡多多少少都有個底。他們在黑暗中交換了個眼神，兩人分工，程逸辰去拆相框後的攝影機，白錦則隨著半浮在空中的莊旻昱來到牆邊。

半透明的手指著邊上最小的一塊磁磚，白錦沒有猶豫，蹲下身就去摳磁磚邊角，沒兩下就把那塊磁磚掀了起來，底下是個相當狹窄的小空間，白錦伸手去掏，從裡頭摸出一包夾鍊袋。

夾鍊袋裡裝的是一本口袋大小的筆記本，和一個ＵＳＢ。

白錦抽出那本筆記本簡單翻了一下，感覺像是本帳本，裡頭記了很多筆時間和數字。白錦呼吸一輕，把筆記本丟回夾鍊袋，又迅速將磁磚蓋回去，轉頭發現程逸辰也剛把畫後面的針孔攝影機拆下來，正在將畫掛回牆上。

突然眼前的男孩臉色驟變，朝白錦比了「趕快離開！」的手勢。白錦一眼就看懂，連忙拉著程逸辰撤離。

然而剛把備用鑰匙放回原位，走廊上的燈光忽然大亮。

郭建良站在電梯口遙遙看見他們手裡拿著的東西，一步步朝兩人走來，冷著聲說：「你們拿了什麼？白顧問，你知道你們現在這樣是犯法的嗎？把手上的東西給我，我可以當沒這回事。」

相較於程逸辰的不知所措，白錦面色依舊平淡，只在郭建良跨出第三步的時候，拉住程逸辰的手臂，轉頭就往身後另一處樓梯跑。

郭建良立刻追了上去，一陣帶著寒意的冷風捲過，帶倒一旁的垃圾桶。郭建良的腳被絆了一下，就這麼一瞬間，替白錦和程逸辰多爭取到了一點時間。

他們倆快步跑回車上，白錦一邊撥電話給葉誌文，一邊指示程逸辰：「直接開去老葉分局，之後的事他們會處理。」

「知道了。」

夜晚路上的車不多，他們一路順暢地開上往市區的高架橋，但很快程逸辰就發現郭建良的車在後頭緊追不捨。

「喂，老葉。」白錦一連打了三通電話，那頭的葉誌文才接起，聲音像是剛從睡夢中被驚擾醒。

「我們剛從育幼院出來，拿到一些東西。現在要去你們局裡，你準備一下。」

「什、等等，你們在哪？」

「民安高架往市區的路段，郭建良在後面追我們。先不說了，我們、程逸辰小心——」

意外總是來得猝不及防。白錦話還沒有說完，一道強光打進擋風玻璃，一輛逆向失速的轎車直直朝他們駛來。

程逸辰瞪大雙眼，下意識大力轉動方向盤，那輛失控的車子撞上來前一刻，他掙開安全帶的束縛，扭身就把身旁的白錦緊緊護在懷裡。

劇烈的衝擊讓白錦腦中一瞬間閃過很久很久以前的畫面，很小的時候他也曾經歷過一場慘烈的車禍，一樣是被人這麼死命護在懷裡。

那場車禍帶走了相依為命的母親，二十多年後的現在，卻是另外一個對他而言同樣重要的人在保護著他。

由於避開直接撞擊，強烈的眩暈感過後白錦很快就醒了。睜眼時眼前仍然一片黑暗，他吃力地從程逸辰的懷裡抬頭，只見剛剛還反應極快把他護住的人，此時此刻卻一動也不動地趴在他身上。

「……程逸辰？」白錦抬起手，他怕程逸辰傷到骨頭不敢有太大的動作，只輕輕摸了一下程逸辰的臉，觸及指尖的是一片溼潤，「喂，程逸辰，你不要嚇我……」

程逸辰依舊沒有回應，兩個人分明貼得那麼近，白錦卻猛然驚覺好像連程逸辰的一點呼吸聲都沒有聽清。

至於後頭本來緊追著兩人不放的郭建良，在車禍發生當下為了閃避而往旁邊一轉，不料輪胎卻突然打滑，他連踩了幾下煞車卻發現煞車失靈了，車頭直直撞上護欄。

在一陣眩暈後，郭建良費力地睜開眼睛，旋即驚恐地透過破裂的擋風玻璃，看到車前蓋爆起一團熊熊火焰。他急著想打開車門逃出去，怎麼拉車門卻都紋絲不動，眼見火勢越燒越旺，幾乎將整個車身團團包住。

車內溫度越來越高，大滴大滴的汗珠從額角滴落到腿上。郭建良扯不動車把手，便用盡全身力氣去撞車窗，一連撞了將近十下卻仍是徒勞。

他被困在大火燃燒的車子裡，很快開始吸不到空氣，也失了大半的力氣。就在意識逐漸模糊之際，隱約間他看見大火中站著一高一矮的兩道身影。

全身焦黑的王興榮，和四肢扭曲的莊旻昱，隔著火光朝他露出猙獰的冷笑，彷佛在嘲笑他惡有惡報。

救護車尖銳刺耳的鳴笛聲，劃破本該寧靜的夜空。

白錦被救護人員拉出變形的車子時，腦袋還是一片渾沌。他怔然地看著昏迷不醒的程逸辰被好幾個救護人員團團圍住，固定到擔架上抬進救護車裡。

沒什麼大礙的白錦正欲跟著一起上救護車，臨上車前回頭瞥了眼後頭一片混亂的事故現場，下一秒映入眼簾的畫面讓他整個人愣在原地，剛抬起的腿騰在空中，足足有十秒鐘反應不過來。

程逸辰並沒有跟上來。

他人躺在救護車裡，魂魄卻還留在原地。

「先生請快上車，我們要準備走了！」

一旁救護人員的聲音喚回白錦的神智，他連忙轉身跑向程逸辰的魂魄還滯留不動的地方，一邊跑一邊向身後喊：「等一下！拜託請等我一下，我馬上回來！」

「喂你——」

「程逸辰！」白錦的聲嗓早失了往日裡的平淡冷靜，他高喊著程逸辰的名字，尾音帶著不自然的顫抖，「程逸辰！你在做什麼？救護車要走了，你不能留在這裡！」

茫然立於原地的程逸辰聽到白錦的叫喚聲，想跟著他的聲音走，卻發現雙腿像是定住了一樣一動也不能動。他低頭往下看，發現柏油路面浮出無數隻手死死地攀住他的腳踝、小腿，甚至是膝蓋。

這條路段事故率高，每年都有無數慘死的怨靈留在這裡抓交替，白錦就算想先把這些怨靈超渡也來不及了，程逸辰的身體等不了這麼長的時間。

白錦緊緊咬著下唇，生平第一次感受到濃烈而不見底的心慌。他用力咬破手指在左手畫了道符咒，想強硬地把程逸辰的魂魄從那群死死扒著的鬼手中扯出來。

在極短的時間內白錦嘗試了五六種不同咒文，左手血跡斑斑，右手指尖也幾乎擠不太出血，整個人看上去尤為駭人。可無奈不論他試了多少次，程逸辰依舊立在原地。

到後來程逸辰不想讓白錦繼續了，他對著白錦輕輕搖頭，能夠在人生最後保護對方，對他而言已經沒有什麼好遺憾的了。

「我都還沒有放棄，你憑什麼放棄！」

白錦罵了一聲，眼眶因激動蓄上淚水，他拚命擠壓著指腹試圖再弄出點血，一面哽咽著對程逸辰說：「不是你自己說要補償我的嗎？我告訴你程逸辰，你欠我的還沒有還清，你得給我回來繼續還！」

從旁人的角度看過去，白錦就像個歇斯底里的神經病，對著空氣又抓又吼，還把自己弄得滿手是血。

程逸辰很想抱一抱難得這麼不理性的白錦，可無奈他動都沒辦法動，只能在生命的最後，靜靜地凝望著這張讓自己牽掛這麼多年的臉。

忽然程逸辰的後背被人重重推了一把，他感覺腳下一輕，再細看時，本來抓在腿上的那些手統統都縮了回去。

程逸辰愣愣地回頭一看，只見一位面色慘白卻帶著溫柔笑意的陌生女人，朝他擺擺手，示意他快點跟著白錦走。

程逸辰根本沒有反應過來這人是誰，就聽見白錦啞著嗓子，不太確定地喊了一聲：「媽……？」

葉誌文趕到醫院的時候，白錦正狼狽地坐在手術室外，全身上下沒有一處是乾淨的，手臂上斑斑駁駁全是血跡。

葉誌文嚇壞了，連忙上前抓住白錦的肩膀，把人前前後後上上下下全看了個遍，確定他沒有大礙後才鬆了口氣，一屁股坐到他身旁的空位。

他在趕來的路上和負責的同僚大概了解了情況，想罵人但看白錦一副失魂落魄的樣子又開不了口。更何況另外一個傷勢嚴重的還在手術室裡搶救，現在罵也聽不到，不如等好了再一起訓一頓。

葉誌文抓了抓頭，重重地嘆了口氣。

一直沒有反應的白錦，突然不作聲地把一些東西丟到葉誌文腿上，是他和程逸辰從郭建良辦公室摸出來的東西。葉誌文看著腿上染了血的夾鍊袋，又嘆了一口氣，和白錦說：「郭建良死了。」

白錦反應慢了好幾拍，過了良久才應了一聲：「……哦。」

「撞你們的那個酒駕逆向的司機，剛剛也在另外一間醫院被宣布死亡了。還記得你們之前去露營發現的那具女屍嗎？那個死掉的司機，就是警察一直在找的死者的男友，你說巧不巧？」

白錦依然是過了好一會，才回了一聲短促的單音。

氣氛僵硬得讓葉誌文很不自在，他伸手攬住白錦肩膀，才發現這傢伙的肩頭一直輕輕發顫。

「沒事啦。」葉誌文用力摟他一下，「小程不會有事，他可是你唯一帶去見過我媽的人，我媽一定會保佑他平安。」

白錦聞言鼻頭一酸，一滴豆大的淚珠直接滾落眼眶。

葉誌文被白錦突如其來的眼淚弄得一愣。他和白錦相識這麼多年，別說看到白錦哭了，就連有點情緒反應的樣子都極其少見，可想而知程逸辰在白錦心裡的位置不知不覺占了多重的分量。

白錦用力抹了把臉，又吸了吸鼻子，放在膝蓋上一雙冰冷的手緊緊握著拳，深吸了口氣低聲而堅定地說：「程逸辰不會有事，我媽也在保佑他。」

程逸辰感覺自己做了一場很長很長的夢。

夢裡他穿著國中制服，坐在陌生而熟悉的教室裡，身旁還是白錦那張熟悉的側臉，穿著一年四季都不變的長袖制服。

程逸辰愣了很久，久到講臺上老師喚了一聲他的名字，叫他站起來回答問題。程逸辰甚至不知道這堂課在上什麼，支支吾吾地答不上來，一旁的白錦把自己的課本推了過來，戳戳他的腰，讓他念自己圈起來的地方。

程逸辰在白錦的幫助下順利回答出正確答案，坐下來的時候他向白錦道謝，白錦看都沒看他一眼，只淡淡應了一聲。

畫面一轉，程逸辰的意識回到那一堂家政課，他看見方紹榆從後頭把白錦架住，另一個同學戴著隔熱手套，把烤箱裡的模具拿了出來。

就在他們嬉鬧著，準備將燙熱的烤模往白錦手上放之際，程逸辰聽見自己尚未變聲的嗓音朝他們高喊了一聲「住手」，緊接著教室內的畫面靜止在這一瞬。

穿著白衣長裙的「家政老師」從門外走了進來，卻不是記憶中的那張臉，而是好像在哪裡見過，和白錦有幾分神似的面容。

「謝謝你保護他。」

程逸辰聽見女人略顯空洞的聲音在耳旁響起，他還來不及開口，就聽對方又說：「快回去吧，他還在等你。」

下一秒，他的意識重新落入一片黑暗之中。

再度睜眼時，程逸辰首先感覺到的是一陣強烈眩暈感。

耳邊好像有人在呼喚自己的名字，一聲接著一聲，嗓音裡含著明顯的委屈、哽咽，以及鬆一口氣。

程逸辰很是吃力地將渙散的目光聚焦在病床邊的白錦臉上，那張寫滿擔憂的臉憔悴了好多。他在白錦握住他的手時，勉強動了動手指，勾住白錦的指根。

徐緩吐出的氣息把氧氣罩表面蒙上一層霧氣，程逸辰小幅度地張動雙唇，很小聲地說了句什麼。剛按完鈴的白錦沒有聽清，俯下身側耳湊近了一點。

只聽程逸辰用極為虛弱的氣音說了一句：「太好了……我終於……救了你一次……」

白錦緊抿著下唇，雙目泛紅死死盯著程逸辰的臉。

這人腦袋上裹著繃帶，臉頰也貼著紗布，棉被下的左手和大腿都還打著石膏。這個昏迷整整一星期才終於轉醒的人，第一句話竟然是慶幸終於救了他一次。

一口氣從白錦的喉嚨堵到胸口，連日來繃緊的弦線終於鬆落，他緩慢地吐出一口長長的氣，身子往下滑落，一張臉埋在程逸辰身側的空位，再也抑制不住地悶聲哭了出來。

尾聲

Sleepless Nights
Before
Exorcism

夜晚十一點多，病房浴室的門被拉開的一瞬間，程逸辰連忙把手裡的平板藏到被子底下，險些扯到手背上的點滴針頭。

白錦腦袋上蓋著毛巾，髮梢一滴一滴地往下淌水。他走到病床邊，目光落在從薄被底下透出來的微光，挑了下眉，語氣毫無起伏地問：「程逸辰，你是不是覺得我很笨？」

程逸辰頓了一秒，順著白錦眼神的方向往下一看，然後尷尬地把手伸出來，乾笑道：「沒、當然沒有，我怎麼可能這麼想。」

白錦拉開病床邊的椅子坐下，面無表情地看著才剛從鬼門關前撿回一命，身上傷都還沒有好完全的傢伙，半晌嘆了口氣：「醫生說你不能熬夜、不能用腦過度，要飲食均衡睡眠充足，才能好得快一點。」

「我知道啦。」程逸辰冰涼的指尖碰上白錦還帶著溼氣的手背，討好地蹭了蹭，軟聲道：「你別生氣。」

「我沒有生氣。」白錦反手將程逸辰的手包進掌心裡，試圖將一點熱度傳給他，「只是你應該知道，醫院都很陰，到處都是你……不太能接受的東西。」

程逸辰肩膀狠狠抖了一下。

「不過如果你想和這些東西住久一點的話，就繼續超時工作吧。」白錦聳聳肩，「我是無所謂，反正都看習慣了。」

「對不起我錯了我從現在起會準時休息拜託你不要再說了！」

白錦唇角捲起很淡的笑意，等程逸辰的手被摀熱了一點後，他才扯下頭頂的毛巾去旁邊吹頭髮，程逸辰從始至終都一直靜靜地注視著他。

那場車禍也不是沒在白錦身上留下傷痕，只是和他比起來，白錦身上的都只是些很輕微的皮肉傷，但並不妨礙程逸辰覺得心疼。

等白錦吹完頭髮，熟練地拉開陪護床推到病床邊，準備要躺下時，程逸辰轉過頭和他說：「你還是回去睡吧，家裡的床總比醫院好睡。」

白錦打了個呵欠，拉了拉身上的被子，眨掉眼角的淚花，「我一個人沒辦法睡。」

白錦躺到陪護床上，轉過身面向病床那一側，抬起一隻手鑽進程逸辰的棉被裡，沒摸索兩下就被那人緊緊牽住。

這是白錦最近新養成的習慣。他們沒辦法躺在一張病床上，只能退而求其次和他牽著手睡。一定要有程逸辰的體溫，白錦才能睡得著。

那場車禍帶給白錦不小的心理陰影，他每天晚上都會醒來好幾次，確認程逸辰還好好地在他身邊，才能重新入眠。

「你說郭建良就這樣死了，是不是有點可惜？」還沒有什麼睡意的程逸辰微側過身，一邊把玩著白錦的掌心一邊問。

程逸辰住院的這一陣子，不只公司的員工、一些工作上的合作方，包括葉誌文也經常過來探望他們。除了最開始先把他們倆臭罵了一頓不該貿然行動之外，之後每次來都會順道捎來一些後續消息。

郭建良死了，自撞護欄火燒車，被困在車裡活活燒死。比較奇怪的是，後來經由現場調查發現，郭建良的車門其實並沒有變形，鎖也是開的，按理說有足夠的時間逃出來才對。不過人都死了，探究這些也沒什麼意義。

他們從郭建良辦公室裡帶出來的筆記本，記明了這些年來所有善心人士捐贈的大額善款，經過追查發現，那些款項最終全進了郭建良的個人帳戶。

而USB裡則全存著針孔偷拍的影片和照片，大多都是孩童在他辦公室裡更衣的畫面，還有少部分應該是從別的網站上下載下來，涉及兒童色情的影片。

種種證據無一不證實，郭建良就是個私自挪用善款，還有戀童癖好的罪大惡極之人。現在當事人死了，育幼院裡幾個涉及替他挪用善款的員工，都還在接受警方調查，而孩子們則分別被移轉到別的政府機構收容。

「不可惜。」白錦淡淡說道：「雖然沒辦法讓他受到法律制裁，但也不是死了以後就能順利升天投胎，他之前造的孽還有『人』在等他慢慢還。」

程逸辰喃喃應了一聲：「也是。」

單人病房裡有一小段時間只剩機械運作的聲響，程逸辰以為白錦睡著了，低頭往床邊一看，卻和他睜著的雙眼對了個正著。

「程逸辰。」白錦低喚了一聲他的名字，開口說：「我以前跟你說過，我覺得所有感情都一樣，生不帶來死不帶去，我們不過都是到人間走一回，最後也終有一別，放太多感情在特定一個人身上沒有什麼意義。」

白錦話音停頓了一下，才又接著說：「但我錯了。你給我的感覺跟其他人都不一樣，你讓我知道原來我還能有這麼多種情感、這麼強烈的情緒起伏，而這些都是因為你。我可能比你，甚至比自己想像中的……還喜歡你吧。」

這還是白錦第一次開口對他說喜歡，程逸辰整個人怔了好幾秒，和他相握的手指收緊了幾分，而後開口：「白錦，我想吻你。」

白錦拉著程逸辰的手爬坐起身，用一種拿他沒轍的語氣應了一聲，而後單手按在病床邊，傾身在他乾燥起皮的嘴唇上印上一記淺淡、卻飽含所有情意的親吻。

——《祛魅前的無眠之夜》完

番外

Sleepless Nights Before Exorcism

程逸辰整整休養了將近一年才完全康復。

這段期間白錦幾乎寸步不離地照顧他，既有工作都往後推延，也很少再接新的案子，每天守在程逸辰身邊。就算後來他拆了石膏已經可以自主行動了，白錦還是無法完全放下心來。

醫生說如果程逸辰平常有好好休息，其實應該更早就可以痊癒。但沒辦法，畢竟程逸辰身為老闆，雖然不一定得進公司，但很多事情還是得由他做決策，不能因為休養就完全放下工作。

最後一次複診時白錦就這麼和醫生告了大半天的狀，說他不遵守醫囑，該睡覺的時候不睡覺，醫生叫他不要用腦過度，他還天天想著工作。

末了還跟醫生一起數落程逸辰，說不能仗著自己年輕恢復狀況還行，就這麼不把身體當一回事，以後上了年紀有他好受的了。

「你看，醫生也說了，雖然你目前算是已經完全康復，但難保沒有留下什麼後遺症，以後雨季或天氣冷的時候可能還會骨頭痛，再不好好保養，以後老了可能連路都走不動了。」出了醫院回到車上，白錦一邊繫上安全帶一邊念叨。

「那萬一我以後真的走不動路了，你還會陪著我嗎？」程逸辰故意這麼問。

白錦用一種看白痴的眼神，斜睨了眼副駕駛座上的程逸辰，半晌一邊將車子開出停車格一邊悠悠開口：「不然你還指望誰以後幫你推輪椅？你前男友嗎？那個姓杜的？」

「噗——咳、咳咳咳……」程逸辰沒想到白錦會突然提到杜明松，猛地一噎，一連咳了好幾下才緩過來，「關他什麼事，我才不要他幫我推輪椅！」

程逸辰後來仔細想想，也不怪白錦突然提到對方，光他養傷這段期間杜明松就來探望了三次，前兩次是在醫院就算了，返家休養之後他又來了一次。

儘管每次杜明松來的時候都是在和白錦聊天，幾乎沒把他這個傷患放在眼裡，沒想到原來白錦其實有點在意，畢竟不在意就不會特別提起了。

接下來一整天，程逸辰都在為白錦似乎終於學會吃醋這件事感到異常高興，一直到晚上洗完澡準備睡覺前，他的臉上仍掛著藏不住的笑意。

白錦皺著眉戳了一下他揚起的嘴角，問他一整天到底都在笑什麼。

「沒什麼。」程逸辰咬了一口他的指尖，含含糊糊地應道。

指節被程逸辰輕咬在上下兩排牙齒之間，指腹被粗糙的舌面舔舐，很快房內的氣氛變得旖旎起來。白錦嚥了口唾液，抽出手指，換上自己的嘴唇主動吻了上去。

他們已經很久沒有性生活了。

除卻車禍之前少少幾次，從程逸辰車禍後到現在，兩個人再也沒有過比親吻更進一步的親密行為。

程逸辰摟著白錦的腰，舌尖頂開他一雙薄薄的唇瓣，一邊深吻一邊用起了反應的下身蹭他。

「你的腿……」白錦皺眉咬了下他的舌頭，咕噥了句。

很快他的唇瓣又被重新貼緊，程逸辰沉下聲說：「都好了，醫生都說我已經沒事了。」

白錦依然不放心，但他同樣被程逸辰蹭得有些難耐，便乾脆翻了個身撐在程逸辰身上，低頭和他碰了碰額頭，「你不要動，我來。」

白錦跪伏在程逸辰赤裸張開的腿間，雙手捧著他已然勃起的性器揉搓，隨即在那雙目光灼灼的注視之下，張嘴將飽脹圓潤的龜頭含入口腔。

「嘶——」久違而強烈的快感讓程逸辰倒抽了口氣，他垂眸看著白錦不甚熟練地埋首吞吐，心裡一股說不上的滋味湧上心頭。

白錦到底經驗不足，含吮沒幾下就嫌下巴痠，吐出大半用嘴唇包著前端，改以舌面舔刷，一手握住他硬挺的柱身套弄。

或許是太久沒有做了，又或者白錦委身服務他的模樣過於誘人，沒有撐太久，程逸辰就繃著下腹射了一次。腥濃的精液一點也不漏地射進白錦嘴裡，等他從強烈的高潮中反應過來時，只見白錦蹙攏眉心喉結滾動，將他的東西盡數嚥下喉嚨。

「你、你怎麼……就吞下去！」程逸辰慌忙起身，要抽紙巾替白錦擦嘴，卻被白錦壓住膝蓋不讓他動。

「你上次不是也吃過我的嗎？」白錦仰頭朝他張開嘴，讓他看看自己都吞乾淨的口腔內部，淡聲道：「好腥，不是很好吃。」

「你啊……」程逸辰嘆了口氣，伸手抹去他嘴角邊殘餘的濁液，「不好吃下次別這樣做了。」

「但你看起來很舒服的樣子，我想讓你舒服。」白錦趴回程逸辰腿間，右手摸上他左腿外側一道長長的疤痕，坦率地說道。

那場車禍在程逸辰身上留下了不少傷疤，尤其左腿上那道最長也最猙獰，都是他保護白錦所留下的證明。白錦傾身在那處新長出來，還很敏感的新肉上輕輕吻了吻，在程逸辰發癢閃躲之際撐起身子，伸長手去勾床頭櫃上的潤滑液。

白錦岔開雙腿膝蓋跪在程逸辰兩側腰邊，低頭和他接吻的同時，一邊用沾滿冰涼潤滑液的手指為自己擴張。他第一次自己來，弄了幾下都找不到訣竅，最後還是程逸辰牽引著他，一人兩根手指來回反覆擠壓他窄緊的甬道。

等白錦的臀縫變得溼淋淋一片，肉穴也足夠鬆軟，他跨在程逸辰身上，反手扶住程逸辰重新抬頭的陰莖，夾在股間磨動了幾下，而後抬起腰，讓頂端抵上穴口，緩慢地一點一點往下吞。

白錦沒有拿保險套，兩個人第一次毫無阻隔地嵌合在一起。

騎乘這個姿勢，對性愛經驗少之又少的白錦而言確實有些困難，才吞了一半他就有些不知所措地雙手撐在程逸辰的胸膛上，哆嗦著和他說：「滿了……」

「還沒有呢。」程逸辰啞聲回道，伸手摟住白錦的腰把人往下帶，隨即稍一挺腰，就把剩下大半截全部塞進白錦體內，低笑了聲說：「現在才滿了。」

突如其來的滿脹感，讓白錦張大了嘴半天發不出一點聲音。他整個人趴在程逸辰懷裡，下身被小幅度地頂弄著，強烈的刺激侵襲著他的理智。

本來白錦打算主導這一場情事，可他實在缺乏經驗，加上程逸辰大概是急於證明自己身體真的好了沒事了，在白錦適應體內粗長的異物之後，他便抱緊懷裡的人，聳動腰臀加快抽插的速度與力度，把人頂得持續起伏，喉間不斷發出難耐的悶哼聲。

「等、嗯……你慢一點……啊……」

白錦聲音又輕又軟，叫得程逸辰根本慢不下來，軟熱的內裡緊緊纏絞著他不放，最敏感的龜冠被腸肉擠壓吸吮，讓他不斷地想往更深更裡頭的地方鑽。

房內瀰漫著一股腥臊淫靡的氣味，肉體拍擊的聲響也一聲重過一聲。程逸辰騰出一手扣住白錦的後頸，手指揉著他頸後薄薄的皮肉，一邊吮吻著他不斷發出細碎輕吟的雙唇。

隨著上百來下的抽插頂弄，白錦忽然一聲拔高的呻吟，咬著程逸辰的舌頭用力蜷起腳趾，前頭夾在兩人腰腹之間的性器，在毫無碰觸的情況下就這麼硬生生地射了出來，同樣濃濁的體液沾得兩人身上到處都是。

程逸辰埋在白錦體內的肉棒，被驟然痙攣縮夾的腸壁緊緊裹著，他吃力地挺動幾下，在即將射精前一刻把自己抽了出來，伸手撫動數十來下後，夾在白錦股間也跟著射了出來。

雙雙高潮後兩個人抱在一起好半晌沒有說一句話，沉默地享受這片刻寧靜的溫存時光。

白錦整張臉埋在程逸辰頸間，程逸辰則用暖熱的手掌，從上而下輕撫著他仍微微顫動的背脊，側頭貼上臉旁那隻紅透的耳朵，用著被情欲浸染的嗓音溫聲說了句：「我愛你。」

白錦的耳尖動了一下，過了良久，依然維持著原先姿勢，聲音悶在程逸辰的肩窩處，應道：「……我也是。」

——〈番外〉完

——《祛魅前的無眠之夜》全系列完

後記

Sleepless Nights
Before
Exorcism

嗨我是ＯＵＫＵ，很高興又一次以商業誌的形式和大家見面，再次謝謝朧月的邀約！

這次又是嘗試跨出自己的舒適圈，結果又一次面臨了很大的挑戰，寫的過程一直有點坎坷也不是太順利，感謝身旁一直給我鼓勵的朋友們。

原本的構想很簡單，就是想寫個怕鬼的總裁跟驅鬼的國中同學，兩個人久別重逢展開一段輕鬆向的小故事。讀起來輕不輕鬆不知道，但我寫起來是真的滿不輕鬆的，畢竟劇情一直不是我擅長的部分，希望能用感情來填補不足的地方XD

總之能完成這篇故事真的是要感謝很多人，謝謝蛇蛇跟紫稜，給了我最初的構想和替我順大綱！

謝謝灌群的朋友們——徹、衛、海、阿、熊、音，雖然我至今還是沒有看到解鎖圖哈哈哈，但跟大家一起灌一起聊男高中生是真的很放鬆很快樂！

還要特別感謝初曉，真的一定一定要拿出來特別說，我一直不是特別有自信，也總是在自我懷疑，如果不是初曉這幾個月來一直給我鼓勵，我可能真的撐不到寫完這個故事。

也謝謝我的編輯一直包容我，在我最迷惘的時候接收我的情緒，真的非常謝謝！

最後還是要感謝購買這本書並看到這邊的你，謝謝你們又陪我走完一篇故事。

未來有機會的話，總會在其他地方相見的吧！

OUKU 2023夏

高寶書版集團
gobooks.com.tw

FH073
祛魅前的無眠之夜

作　　者　OUKU
繪　　者　大介
編　　輯　薛怡冠
封面設計　林鈞儀
內頁排版　彭立瑋
企　　劃　黃子晏

發 行 人　朱凱蕾
出　　版　朧月書版股份有限公司
Hazy Moon Publishing Co., Ltd
地　　址　臺北市內湖區洲子街88號3樓
網　　址　www.gobooks.com.tw
電　　話　(02) 27992788
電　　郵　readers@gobooks.com.tw（讀者服務部）
傳　　真　出版部　(02) 27990909　行銷部 (02) 27993088
郵政劃撥　50404557
戶　　名　英屬維京群島商高寶國際有限公司台灣分公司
發　　行　英屬維京群島商高寶國際有限公司台灣分公司
Global Group Holdings, Ltd.
初版日期　2023年8月

國家圖書館出版品預行編目(CIP)資料

祛魅前的無眠之夜 / OUKU著.-- 初版. -- 臺北市：朧月書版股份有限公司出版：英屬維京群島高寶國際有限公司臺灣分公司發行, 2023.08-
面；　公分. --

ISBN 978-626-7201-93-0(平裝)

863.57　　112009936